novum pocket

Karl Seyfried

Lehrjahre eines Internen Revisors

novum pocket

Bibliografische Information der Deutschen Nationalbibliothek:

Die Deutsche Nationalbibliothek verzeichnet diese Publikation in der Deutschen Nationalbibliografie. Detaillierte bibliografische Daten sind im Internet über http://www.d-nb.de abrufbar.

Alle Rechte der Verbreitung, auch durch Film, Funk und Fernsehen, fotomechanische Wiedergabe, Tonträger, elektronische Datenträger und auszugsweisen Nachdruck, sind vorbehalten.

Gedruckt in der Europäischen Union auf umweltfreundlichem, chlor-und säurefrei gebleichtem Papier.

© 2022 novum Verlag

ISBN 978-3-903382-56-5
Umschlagfoto:
Robert Zehetmayer | Dreamstime.com
Umschlaggestaltung, Layout & Satz:
novum Verlag
Innenabbildungen: Langmaack (2004)
Autorenfoto: Karl Seyfried

Die vom Autor zur Verfügung gestellten Abbildungen wurden in der bestmöglichen Qualität gedruckt.

www.novumverlag.com

Inhaltsverzeichnis

Vorwort 7
Geleitwort I 10
Geleitwort II 12

1. Einleitung 14
   1.1 Das Einführungsgespräch 23
   1.2 Die Soll-Zustandsanalyse 26
   1.3 Die Ist-Zustandsanalyse 28
   1.4 Die Schlussbesprechung 31
   1.5 Die Nachprüfung (Follow-Up) 32

2. Weitere Aufgaben
der internen Revision 34
   2.1 Die begleitende Kontrolle 34
   2.2 Die Beratung (Consulting) 35

3. Meine Fragen bezüglich einer
Revisionsdurchführung und die
in der Literatur gefundenen Antworten 38
   3.1 Das Einführungsgespräch 40
   3.2 Die Soll-Zustandsanalyse 51
   3.3 Die Ist-Zustandsanalyse 56
   3.4 Die Schlussbesprechung 75
   3.5 Die Nachprüfung (Follow Up) 86

4. Meine Fragen bezüglich weiterer Aufgaben
der Internen Revision und die in der
Literatur gefundenen Antworten 93
   4.1 Die begleitende Kontrolle 93
   4.2 Die Beratung (Consulting) 100

5. Meine Fragen bezüglich möglicher Konflikte in einer Internen Revision und die in der Literatur gefundenen Antworten 110
5.1 Zunahme versus Verhinderung von Konflikten 111

6. Meine Fragen zu möglichen Konflikten zwischen der Internen Revision und anderen prüfenden Organisationseinheiten und die in der Literatur gefundenen Antworten 121
6.1 Auslöser für Konflikte 122

7. Meine Fragen zur sozialen Kompetenz als Brücke zwischen Revisoren und Geprüften und die in der Literatur gefundenen Antworten 129
7.1 Soziale Kompetenz 129

8. Meine Fragen zu den Anforderungs- und Eignungsschwerpunkten des Berufes Interner Revisor und die in der Literatur gefundenen Antworten 147
8.1 Anforderungs- und Eignungsschwerpunkte 147

9. Zusammenfassung 182

Abkürzungsverzeichnis 188
Literaturverzeichnis 189

Vorwort

Hohe fachliche Kenntnisse der Internen Revisoren reichen oft nicht aus, um erfolgreich Revisionen durchzuführen und den Entscheidungsträgern einer Organisation qualitativ hochwertige Prüfungsergebnisse zur Verfügung zu stellen. Ganz wesentlich darüber hinaus ist psychologisches Einfühlungsvermögen der Revisoren, um die Kooperationsbereitschaft der Geprüften zu erreichen und für ein angenehmes Gesprächsklima zu sorgen. Mehr noch, die Einbindung der Geprüften in die Datenerhebung ist – in bestimmten Phasen der Revision – von Vorteil, da auf diese Weise die Einsicht der Geprüften bzgl. möglicher festgestellter Mängel und die Akzeptanz empfohlener Maßnahmen gefördert wird.

Mit Bedacht auf die Komplexität der Revisionsabläufe stellt sich die Frage, wie Revisoren sich verhalten sollten, um mögliche Abwehrhaltungen der Geprüften zu vermeiden und vielleicht sogar bis zu einem gewissen Grad ihre Sympathien zu gewinnen. Welche Eignungen und Neigungen sollten Revisoren haben, um von den Geprüften akzeptiert und respektiert zu werden? Welche Persönlichkeitsstrukturen sind – psychologisch gesehen – für den Beruf des Internen Revisors vorteilhaft, welche Anforderungen werden an einen potenziellen Bewerber gestellt? Welche Konflikte können innerhalb einer Internen Revision aber auch mit anderen prüfenden Organisationseinheiten auftreten und welche Maßnahmen sind geeignet, Konflikten entgegenzuwirken bzw. sie so gering wie möglich zu halten. Der Schwerpunkt der Betrachtungen liegt dabei auf der Psychologie der sozialen Interaktion zwischen den Beteiligten.

Dass diese Publikation entstand, ist darauf zurückzuführen, dass ich mich an meine Anfangsjahre als Interner Revisor erinnerte, als ich mit den Revisionsabläufen noch nicht so vertraut war. Diese ersten Jahre waren für mich „Lehrjahre", in denen ich als Teil eines Revisionsteams meine Kenntnisse im Laufe der Zeit durch „learning by doing", durch Wissensaustausch mit anderen Revisoren und durch Fortbildung erweitern konnte. Ich lernte, welche Phasen eines Revisionsablaufes zu berücksichtigen sind, worauf es in den Phasen jeweils ankommt, welche Definitionen im Revisionsbereich verinnerlicht werden müssen und vor allem, dass es besonders auf das Verhalten des Revisors ankommt, um brauchbare Aussagen der Geprüften für ein Revisionsergebnis zu erhalten.

Anliegen dieses Buches ist es, das Thema Revisionspsychologie aus meiner individuellen Sichtweise darzustellen. Ausgehend von Fragen, die ich mir anfänglich selbst gestellt habe möchte ich die Antworten, die ich bei zahlreichen Autoren in der Literatur gefunden habe aufzeigen und in Form eines fiktiven Interviews wiedergeben. Obwohl nicht alle zitierten Autoren sich explizit zur Revisionspraxis äußern, so liefern sie doch wertvolle Anregungen und wichtige Ansätze für die Revisionsaufgaben.

Es ist mir ein Bedürfnis, an dieser Stelle meinen Dank allen Mitarbeitern und Vorgesetzten, aber auch vielen Personen von anderen Organisationen auszusprechen, die es mir ermöglicht haben, während meiner langjährigen Tätigkeit als Revisor durch die alltägliche Praxis und den praktischen Wissensaustausch stetig Neues zu lernen. Es war mir eine Ehre, in verschiedenen Kommissionen tätig zu sein und auch dadurch meine Kenntnisse in all den Jahren laufend zu erweitern. Einige Personen, deren Hilfe mir im Laufe meiner beruflichen Laufbahn besonders wertvoll war, werden zwar im Text nicht erwähnt, doch möchte ich mich heute bei ihnen herzlich bedanken.

Wie bei meinem letzten Buch schließe ich das Vorwort mit einem besonderen Dank. Mein besonderer herzlicher Dank gilt meiner Frau Cornelia für das Korrekturlesen und für ihre redaktionelle Gestaltung. Durch ihre Mitarbeit wurden die Erinnerungen an meine Anfangs- und Folgejahre als Interner Revisor im Bundeskanzleramt Wien in Österreich neu belebt.

Aus Gründen einer besseren Lesbarkeit wurde auf eine geschlechtergerechte Schreibweise verzichtet. Der gesamte Text in diesem Buch richtet sich im Sinne der Gleichbehandlung an die Leser aller Geschlechter.

Mag. Karl Seyfried
Langjähriger Leiter der Internen Revision im Bundeskanzleramt Wien und Koordinator aller Revisionseinrichtungen in der österreichischen Bundesverwaltung für die Durchführung regelmäßiger Erfahrungsaustauschtreffen der Revisoren im Zeitraum von zehn Jahren.

Geleitwort I

Karl Seyfried hat nahezu sein gesamtes Berufsleben der Revision gewidmet. Mit diesem Buch lässt er uns teilhaben an den wesentlichen Fragen zum Kern der Revisionstätigkeit, die ihn bereits als jungen Revisor bewegt haben, und an den Antworten, die er im Laufe seiner langjährigen Revisionstätigkeit im öffentlichen Bereich darauf gefunden hat. Im Zentrum stehen dabei nicht die technischen Werkzeuge, die als Rüstzeug jedes versierten Prüfers unerlässlich sind, sondern die unterschiedlichen Facetten der Beziehungsebene zwischen dem Revisor und dem Geprüften. Durch die Verknüpfung der Prüfungspsychologie mit den einzelnen Phasen des Revisionsprozesses wird dabei die Brücke geschlagen zwischen den in den Standards für die Revisionstätigkeit vorgesehenen Abläufen und dem Umstand, dass diese Abläufe von Menschen und ihren Verhaltensweisen gestaltet und bestimmt werden.

Eine gelungene Revisionstätigkeit, die eine Organisation bestmöglich bei der Erreichung ihrer Zielsetzungen unterstützt, stellt hohe Anforderungen an den Revisor. Wird dabei die psychologische Komponente des Revisionsprozesses vernachlässigt, kann das große Potenzial einer Revision für den Organisationserfolg nicht vollständig ausgeschöpft werden. Es entstehen vermeidbare Konflikte und Spannungen mit geprüften Organisationseinheiten, aber auch innerhalb von Revisionsteams, die letztlich den Erfolg gefährden können. Mit dem Buch wird der Versuch unternommen, anhand von fiktiven Interviews mit ausgewählten Autoren, jene Fragestellungen kompetent zu beantworten, die sich dazu regelmäßig in der Revisionspraxis ergeben.

Seyfried wendet sich mit seinem Buch sowohl an seine Kolleginnen und Kollegen aus dem Berufsstand der Revisoren als auch an deren Gegenüber. Also an interessierte Leserinnen und Leser, die vielleicht selbst einmal von Prüfungen der Revision betroffen waren oder sein können und die die psychologischen Abläufe im Rahmen des Revisionsprozesses besser verstehen wollen. Eine gelungene wechselseitige Interaktion zwischen den beteiligten Akteuren nützt schließlich beiden Seiten und befördert zudem die Organisationsziele.

Da der Komponente der Prüfungspsychologie in den klassischen Revisionslehrbüchern und Fortbildungsveranstaltungen oft nicht die erforderliche Beachtung geschenkt wird, stellt dieses Buch eine wertvolle Ergänzung dar. Indem Seyfried seine langjährigen persönlichen Erfahrungen zu dieser wesentlichen Komponente des Revisionsprozesses insbesondere auch an jüngere Prüferinnen und Prüfer weitergibt, knüpft er damit an eine langjährige Tradition an, die ihm immer ein besonderes Herzensanliegen war. Das Lernen voneinander und die Nutzbarmachung von Erfahrungswissen haben seine Berufslaufbahn wesentlich geprägt. Eine Dekade lang hat er regelmäßig Erfahrungsaustauschtreffen und Jahrestagungen der Revisoren aus allen Revisionseinrichtungen der Bundesverwaltung geplant, organisiert und moderiert. Als langjähriger Mitarbeiter des Rechnungshofs, der sich intensiv mit Fragestellungen der Internen Revision auseinandersetzte, durfte ich daran immer wieder als Vortragender, insbesondere aber als interessierter Zuhörer teilnehmen. Die Erkenntnisse aus diesen Veranstaltungen haben die berufliche Entwicklung vieler Kolleginnen und Kollegen unterstützt und bereichert.

Dr. Helmut Berger leitet den Budgetdienst des Paraments

Geleitwort II

Die Revisionspsychologie ist aus medizinischer Sicht ein nicht zu unterschätzendes Thema. Zu bedenken sind vor allem die diversen psychischen und psychophysischen Effekte, welche die Revision bzw. Prüfung eines Menschen haben kann. Ungünstig wirken sich hier etwa Respektlosigkeiten während eines Revisionsablaufes sowie fehlende Anerkennung der Arbeitsergebnisse durch die Revisoren und Revisorinnen aus.

Die Begegnung zwischen Revisor und Geprüftem geschieht in einem bestimmten institutionellen Rahmen. Beide sind Mitglieder einer Organisation(seinheit), und die Arbeitsaufgaben dieser Organisation(seinheit) bilden den Hintergrund der Interaktion zwischen Revisor und Geprüftem. Es liegt an beiden, Bedingungen zu schaffen, die von beiden Seiten akzeptiert werden können und ein angenehmes Prüfungsklima ermöglichen.

Eine Revision bzw. Prüfung ruft bestimmte Wirkungen hervor. Neben den für die Geprüften positiven Effekte der Feststellung, dass zum Beispiel die Ziele erreicht wurden, hat eine Revision auch unbeabsichtigte Wirkungen auf das geprüfte Personal. So sehr eine Revision als unabdingbare Voraussetzung für eine effiziente Arbeit in der Organisation anzusehen ist, stellt sie doch gleichzeitig auch eine unangenehme Einmischung in die Arbeitssphäre des Geprüften dar und bringt bestimmte Befürchtungen mit sich. So etwa, dass durch die Prüfung „heikle Dinge" ans Tageslicht kommen, die von Unterschlagungen bis zu harmlosen, die Intimsphäre betreffende Gepflogenheiten reichen. Unangenehme Interaktionen mit den Prüfern und problematische Prüfungsergebnisse können für die Geprüften (zusätzlichen) Stress am Arbeitsplatz bedeuten, mit all seinen negativen Folgen für Konzentration und Gedächtnis sowie die psychische und physische Gesundheit der Geprüften. Es sei an dieser Stelle auch an die Kosten von Krankenständen aufgrund arbeitsbedingter psychischer Belastungen erinnert.

Dementsprechend betont der Autor die Bedeutung von Takt und sozialer Kompetenz bei einer Revision. Aus meiner Sicht zeigt er unter anderem auch sehr gut auf, welche Verhaltensweisen von Seiten eines Revisors bzw. Prüfers notwendig sind, um eine friktionsfreie und von Respekt getragene Interaktion bei einer Revision entstehen zu lassen. Auf diese Weise werden Stress sowie Störungen von Wohlbefinden und Gesundheit bei den Geprüften vermieden.

Basierend auf eigenen Erfahrungen stellt der Autor viele interessante Fragen, die er dann mit Hilfe der Literatur beantwortet. Insgesamt ist Mag. Seyfried für seine Themenstellung auch aus Sicht der Ärzteschaft sehr zu danken.

Priv.-Doz. Dr. med. Peter Wallner
Habilitation für das Fach „Public Health"
Mitglied der Chefredaktion der Zeitschrift der Ärztinnen und Ärzte für eine gesunde Umwelt „medi.**um**"

1. Einleitung

Als ich als Sachbearbeiter in eine Revisionsabteilung (RA) eines Ministeriums in der österreichischen Bundesverwaltung aufgenommen wurde, hatte ich zunächst nur spärliches Wissen über eine Interne Revision (IR) in der öffentlichen Verwaltung. In einem Fachbuch von Korndörfer/Peez (1981) wurde ich auf eine Definition der Revision aufmerksam:

Die Revision in traditioneller Sicht ist ein von der Unternehmensführung auf Mitarbeiter, die von dem zu überwachenden Arbeitsprozess unabhängig sind, delegiertes betriebliches Überwachungsorgan mit dem Ziel, durch mehr oder weniger periodische, weitgehend rückschauende Untersuchungen abgeschlossener Tatbestände die Ordnungsmäßigkeit betrieblicher Bereiche festzustellen bzw. zu beurteilen.

Egner (1980) weist auf eine etwas detailliertere Aufgabenbeschreibung hin, welche das amerikanische „Institute of Internal Auditors" in seinem „Statement of Responsibilities of the Internal Auditors" festlegt: Die IR ist ein Bestandteil der unternehmerischen Überwachungsfunktion. Es handelt sich um eine kritisch durchleuchtende und wertende Tätigkeit, die ein unabhängiges Urteil über die Angemessenheit und Wirksamkeit der verschiedenen Kontrollmethoden liefert, die von den leitenden Organen eingesetzt werden, um die betreffenden Aufgaben zielgerecht zu steuern.

Zur Erreichung dieses Ziels hält das amerikanische „Institute of Internal Auditors" die folgenden Tätigkeiten für wesentlich:

- Kritisches Durchleuchten und Werten der Zweckmäßigkeit und Angemessenheit von Richtlinien, Verfahren, Methoden und anderen Mitteln, die mit dem Ziel eingesetzt sind, die Tätigkeiten einer Fachabteilung in Übereinstimmung mit den Zielsetzungen und Plänen der Gesamtunternehmung zu halten.
- Beurteilung des tatsächlichen Funktionierens der Kontrollen, die durch die Aufgabenstellung und die einer Fachabteilung übertragene Verantwortlichkeit als zweckmäßig erachtet werden.
- Sicherstellung der Verlässlichkeit von Aufzeichnungen, Berichten und anderen Daten, die das Management zur Entscheidungsbildung heranzieht.
- Sicherstellung der Zweckmäßigkeit und Wirksamkeit der Buchführungsunterlagen und anderer Teile des Rechnungswerks, die zur Bewahrung des Vermögens vor Verlusten eingesetzt sind.

Obwohl diese Definition der Revision und auch die Aufgabenbeschreibung für privatwirtschaftlich geführte Unternehmen gelten, konnte ich mir vorstellen, dass sie sinngemäß ebenso auf die öffentliche Verwaltung angewendet werden könnten.

In der Öffentlichen Verwaltung besteht die Revisionsdurchführung jedoch nicht nur aus der Überwachung (Revision und Kontrolle) der Einhaltung des Grundsatzes der Rechtmäßigkeit, sondern auch der Einhaltung der Grundsätze der Wirtschaftlichkeit, Zweckmäßigkeit und der Sparsamkeit, um Entscheidungshilfen für eine bessere Steuerung der Organisation (Org) für die Ressortleitung zu erreichen.

Die Kontroll- und Revisionsordnung – einige Jahre später nur Revisionsordnung (RO) – für das Ministerium, in dem ich arbeitete, war eine Art Manual, das alle Aufgaben und Befugnisse eines Revisors enthielt und mir die Antworten auf meine Fragen lieferte, z. B. wie ein Revisionsablauf (Rabl) eingeleitet, ausgeführt und nachbetreut wird. Da diese RO in der gesamten Org – in der Bundesverwaltung bei der Gründung der IR im Jahre 1981 – bekanntgemacht wurde, war dieses Manual nicht nur für die Bediensteten der RA für den täglichen Gebrauch von Vorteil, sondern auch für alle zu prüfenden Abteilungen und Referate sowie auch für nachgeordnete Dienststellen, da von allen Bediensteten Einsicht in die Vorgangsweise der Revisoren genommen werden konnte, wonach bei jeder Revision nach einheitlichen Gesichtspunkten und Regeln gearbeitet wird.

Die RO war derart gegliedert, dass zunächst der örtliche Wirkungsbereich der RA abgesteckt wurde. Es wurden Begriffe und das Verhältnis zu anderen Organisationseinheiten (OE) mit Kontrollaufgaben erklärt und auf die Grundsätze für die Aufgabenbesorgung aufmerksam gemacht. Ein aktives Informationsrecht gestattete den Organen der RA die Einsicht in alle Akten, und zwar auch unabhängig von Prüfungsaufträgen. Ebenfalls wurde in der RO festgelegt, dass die RA jährlich bis spätestens drei Monate nach Ablauf des Kalenderjahres einen Bericht über ihre Prüfungstätigkeit im abgelaufenen Jahr zu erstellen habe. Ein wesentlicher Teil dieser Richtlinie wurde der Revision der Einhaltung der Vergabevorschriften sowie den Rechten und Pflichten der Revisoren bei der Durchführung von Prüfungen (Revisionen) gewidmet. Es wurden in diesem Ministerium, in dem ich aufgenommen wurde, Ordnungsmäßigkeitsprüfungen und während der folgenden Jahre vermehrt Systemprüfungen durchgeführt, die ein grundsätzliches Hinterfragen der aufbauorganisatorischen Strukturen und ablauforganisatorischen Gegebenheiten einer Org beinhalteten.

Die Jahre von 1986 bis 1991 kann ich aus heutiger Sicht als meine ersten Lehrjahre als unerfahrener Revisor bezeichnen. Während dieser Zeit konnte ich als Teil eines Revisionsteams (RT) bei jeder Revision immer wieder durch „learning by doing" weitere Kenntnisse sammeln. Die sorgfältige und psychologische Menschenführung meines Vorgesetzten und der praktische Wissensaustausch sowohl mit ihm als Leiter der RA als auch mit meinen Revisionskollegen erweiterten mein Praxiswissen mehr und mehr, sodass etwaige Anfängerfehler wie z. B. zu viele unüberlegte Schritte bei den einzelnen Prüfungsphasen schon im Ansatz vermieden werden konnten. Sehr hilfreich war auch der Besuch geeigneter Seminare an der Verwaltungsakademie des Bundes in Wien sowie die Befassung mit einschlägiger Literatur.

In den ersten Jahren meiner Tätigkeit als Revisor musste ich bei der Durchführung von Prüfungen feststellen, dass ich – obwohl ich mit den verwendeten Begriffen bzw. Definitionen und mit den Phasen eines Rabl vertraut war – manchmal als Prüfer gegenüber den einzelnen Geprüften keine vertrauensvolle Basis herstellen konnte und so in unangenehme Situationen geriet, die sodann mein Verhalten beeinflussten. Diese Erlebnisse beunruhigten mich und die damit verbundene Frage nach der Ursache ließ mir keine Ruhe. Eine erhellende Antwort auf diese Frage erhielt ich bei einer Weiterbildungsveranstaltung zum Thema „Revisionspsychologie", bei der mir deutlich vor Augen geführt wurde, wie wichtig psychologisches Vorgehen während der einzelnen Revisionsphasen ist. Aus dieser Erkenntnis heraus stand für mich fest, dass ich ab sofort meine Selbstreflexionen bezüglich der erlebten Revisionsprozesse und -situationen in entsprechenden Dokumentationen festhalten muss.

Wie Siegwart/Menzl (1978) in ihrem Werk „Kontrolle als Führungsaufgabe: Führen durch Kontrolle von Verhalten und Prozessen" hinweisen, ist eine Kontrolle – in unserem Fall eine Revisionsdurchführung – durch das Verhalten von Prüfern und Geprüften geprägt. Die Mitarbeiter einer Org orientieren sich niemals ausschließlich an deren Interessen. Sie bringen vielmehr ihre eigenen Wünsche, Ziele, Bestrebungen und Sehnsüchte in die soziale Wirklichkeit mit ein. Es ist eine Illusion anzunehmen, dass sich Organisationsziele und individuelle Zielsetzungen jemals vollständig zur Deckung bringen lassen. Naturgemäß verfügt jeder Mensch über ein unüberschaubares Spektrum an Verhaltensmöglichkeiten. Damit die Organisationsziele erreicht werden können ist es unumgänglich, dass diese Verhaltenspalette auf jene wenigen Verhaltensvarianten reduziert wird, die im Interesse der Org liegen. Beispielsweise können aus verschiedenen Gründen – wie z. B. eine nicht eindeutig festgelegte Kompetenzabgrenzung – bei den Mitarbeitern einer Org Unsicherheiten im Verlauf der Aufgabenerfüllung entstehen, welche sich auf die Motivationen und Interessenslagen auswirken. Es muss damit gerechnet werden, dass bewusst oder unbewusst Verhaltensabweichungen induziert werden können. Hier stößt man auf die Wurzeln der Notwendigkeit von Überwachung, damit sichergestellt wird, dass das Verhalten der Organisationsmitglieder auf die Erreichung der Organisationsziele ausgerichtet bleibt. Eingetretenen oder voraussehbaren Abweichungen gilt es korrigierend oder steuernd entgegenzuwirken.

Heute nach sehr vielen Jahren meiner praktischen Arbeit in einer RA, ist es mir ein Bedürfnis, all jene Fragen, die ich mir zu Beginn meiner Tätigkeit als Revisor selbst gestellt habe sowie die entsprechenden Antworten zeitgenössischer Autoren niederzuschreiben. Gerade weil ich davon überzeugt bin, dass sich psychologisch seit damals nicht viel verändert haben kann, möchte ich meine Erkenntnisse lernenden Revisoren aber auch einer interessierten Leserschaft zugänglich machen. Auch wenn so viele Jahre seither vergangen sind, besitzen die Aussagen damaliger Autoren meiner Meinung nach noch heute ihre Gültigkeit.

Ich möchte im Folgenden anhand eines fiktiven Interviews die Rolle des Revisors und die Auswirkungen seiner Handlungsweisen bei den durchzuführenden Revisionen, den begleitenden Kontrollen sowie Beratungsleistungen näher beleuchten. Im Detail geht es um die Beschreibung der einzelnen Phasen eines Rabl und der Notwendigkeiten bei der fachlich korrekten Vorgangsweise des Revisors, es geht um die Position sowohl des Revisors als auch der Geprüften in der Prüfungssituation, um mögliche Konflikte und deren Bewältigung bzw. Vermeidung, um das Aufzeigen erfolgreicher/zielführender Verhaltensweisen im Umgang mit den Geprüften sowie mögliche Kommunikationsprobleme und deren Ursachen. Ebenso werden die psychologischen Grundlagen und Verhaltensmuster beider Parteien in der Prüfungssituation beleuchtet, es werden die Anforderungsprofile für Revisoren unter arbeitspsychologischen Aspekten näher definiert, entwicklungspsychologische Faktoren für die Ausbildung eines „geeigneten" Charakters für den Beruf des Revisors werden angeführt. Nicht zuletzt wird die Bedeutung der Fähigkeit zur Empathie des Revisors besonders betont, insbesondere wenn es um die Berücksichtigung der Ziele, Wünsche und Erwartungen der Geprüften geht, denn deren Nichtbeachtung wird möglicherweise den Revisionserfolg gefährden.

Die soziale Interaktion zwischen einem Revisor und einem Geprüften verlangt nach einer psychologischen Betrachtung. Daher müssen die während eines Rabl beteiligten Personen und deren Persönlichkeit näher betrachtet werden. Die

Handlungen, die im Rabl gesetzt werden bzw. die Verhaltensweisen, die zutage treten, können nur verstanden werden, wenn sie vor dem Hintergrund des gesamten Charakters der jeweiligen Person gesehen werden. Dabei sind es eigentlich nicht die Handlungen, sondern vielmehr die ihr zugrunde liegenden Motive, denen besondere Beachtung geschenkt werden muss. Ein und dieselbe Verhaltensweise kann auf unterschiedliche Motive zurückgeführt werden, denen bestimmte Charakterzüge zugrunde liegen (Fromm 1985). Voraussetzung für eine – für beide Seiten – erfolgreiche Revision ist, dass sowohl Revisor als auch Geprüfter ihr Verhalten und ihre Handlungen so setzen, dass trotz großem Prüfungsstress auf Seiten des Geprüften eine sachliche Ebene erreicht werden kann. Gelingt dies nicht, ist ein gewisses Spannungsverhältnis zwischen Prüfer und Geprüftem nicht zu vermeiden.

Grupp (1986) vertritt die Meinung, dass es trotz eines bereits geschickt und offen geführten ersten Kontaktgespräches zwischen Prüfer und Geprüften immer wieder der Fall sein kann, dass der Prüfer im Lauf der Revision auf ein Spannungsverhältnis stößt, das zwischen Stab- und Linienabteilungen nicht selten ist, in besonders starkem Maß aber zur RA besteht. Naturgemäß wird immer ein bestimmtes Spannungsverhältnis zur Revision bestehen. Es ist dadurch geprägt, dass jeder Mensch eine grundsätzliche Abneigung dagegen hat, sich durch andere kontrollieren zu lassen – überhaupt, sich von einer fremden Stelle „in die Karten schauen zu lassen". Kontrollen widersprechen seinem Drang nach Anerkennung und Vertrauen, die der Mitarbeiter von seiner Org als Gegenleistung für seine Loyalität erwartet. Auf eine solche unmittelbare Kontrolltätigkeit kann die IR heute aber nicht verzichten, selbst wenn sie nur funktions- und nicht personenbezogen ist. Erschwerend kommt hinzu, dass die

IR sich erst einen Ruf schaffen muss. In der Vergangenheit ist sie zu lange als Betriebspolizei mit abgeleiteter Autorität aufgetreten und hat formelle Fehler hochgespielt, ohne ausreichende Berücksichtigung inhaltlicher Schwachstellen. Diese Vorurteile zu widerlegen und zu entkräften ist keine einfache Aufgabe.

Oszwald (1991) weist darauf hin, dass die Begegnung zwischen Prüfer und Geprüften in einem institutionellen Rahmen geschieht. Beide sind Mitglieder in Gruppen oder Teams und diese wiederum Teile einer größeren OE und schließlich Teil der gesamten Org. Das Geschehen in diesen Gruppen bildet den Hintergrund des interaktiven Prozesses zwischen Prüfer und Geprüften. Darüber hinaus ist auch das „Umfeld" dieser Org zu berücksichtigen, d. h. eventuelle Änderungen in den rechtlichen Rahmenbedingungen durch neu erlassene Gesetze oder Gutachten, die neue Richtlinien für den Prüfungsablauf vorgeben. Und nicht zuletzt hat auch die private Familiensituation der Beteiligten Auswirkung auf ihr organisatorisches Verhalten.

Bei der Beurteilung der Ausgangslage im Vorfeld einer Revision erscheint es sinnvoll, die situativen Bedingungen zu unterscheiden. Einerseits solche, die von den Beteiligten kurzfristig verändert und beeinflusst werden können, weil sie von ihnen selbst hergestellt sind und anderseits solche, die relativ überdauernd sind. Eine scharfe Trennung wird hier nicht immer möglich sein, aber diese Betrachtungsweise erleichtert das weitere Vorgehen. Hier sollen die von den Prüfungsbeteiligten selbst hergestellten Bedingungen näher betrachtet werden. Diese sind umso wichtiger, da sie nicht nur Auswirkungen auf die Beteiligten haben, sondern von diesen beeinflusst und damit auch verändert werden können. Es liegt also an den betroffenen Personen, Bedingungen zu schaffen, die von beiden Seiten akzeptiert werden können und die ein angenehmes Prüfungsklima ermöglichen. Dies ist von besonderer Bedeutung, wenn man bedenkt, dass jeder Beteiligte gewisse Absichten verfolgt, sich Ziele setzt, Strategien entwickelt, Erwartungen bildet und auch Maßnahmen plant. Bei fehlender Absprache kann es dann sein, dass die eigenen Vorstellungen letztendlich auf Grund gegebener Umstände überhaupt nicht oder nur abgeändert durchgesetzt werden können, weil die Situation andere Vorgehensweisen erfordert. Wird dieser Umstand a priori berücksichtigt, so ist man solchen misslichen Situationen nicht hilflos ausgesetzt, denn die Einflüsse und Bedingungen, die letztlich zu falschen Erwartungen und Frustration führen „liegen nicht einfach vor", sondern werden erst von den Beteiligten selbst geschaffen oder festgelegt. Aus diesem Grund sollte die Gestaltung der Prüfungssituation nicht sich selbst oder dem Zufall überlassen werden, sondern sie sollte aktiv geplant und wenn nötig durch direktes Eingreifen gesteuert werden.

Welche Phasen des Rabl sowie welche Situationen zwischen Revisoren und Geprüften sind also besonders zu beachten bzw. hervorzuheben, da sie besonderes psychologisches Fingerspitzengefühl erfordern?

Zunächst muss die erste persönliche Begegnung des Revisionsleiters und seiner Revisoren mit dem Leiter der zu prüfenden OE und seinen Mitarbeitern betrachtet werden – die erste Phase eines Rabl: das Einführungsgespräch.

1.1 Das Einführungsgespräch

Im Einführungsgespräch findet der erste Kontakt zwischen dem Prüfungsleiter (mit seinen RT-Mitgliedern) und dem verantwortlichen Leiter der zu prüfenden OE (mit seinen Mitarbeitern) statt. Bei dieser ersten Kontaktaufnahme wird der Prüfungsleiter die Revisionsziele darlegen und über den Rabl aufklären. Somit werden die Geprüften über die Abgrenzung des Prüfungsobjektes und über die Einteilung der Prüffelder informiert, die Dauer der Gesamtprüfung sowie der Prüfungsumfang wird besprochen, wobei auf den Unterschied zwischen der lückenlosen und der stichprobenweisen Prüfung hingewiesen werden kann. Neben dem Zweck, den Bediensteten der geprüften OE den Inhalt des Revisionsauftrages zu erläutern bietet es den Geprüften auch die Möglichkeit, Kontaktpersonen des geprüften Bereiches für Informationen aller Art für die Revisoren zu benennen. Schon in dieser ersten Phase des Rabl wird das RT bestrebt sein, eventuelle Vorurteile ihm gegenüber zu entkräften bzw. gar nicht erst aufkommen zu lassen, indem es deutlich macht, dass die Revisoren als Mitarbeiter der gesamten Org auftreten und nicht persönliche Ziele verfolgen, um durch Fehlersuche Betroffene anzuprangern, sondern um im Organisationsinteresse gemeinsam mit den Geprüften eventuell vorhandene Schwachstellen offenzulegen und Neuordnungen einzuleiten. Ein weiterer Vorteil eines Einführungsgespräches besteht darin, dass benötigte Arbeitsunterlagen durch die Prüfer angefordert und Termine für die Einschau vor Ort festgelegt werden können. Bezüglich der geschilderten Aspekte des Einführungsgesprächs samt vorangehenden Überlegungen finden sich entsprechende Hinweise in der Fachliteratur, so zählt beispielsweise Peemöller (1978) folgende Vorteile auf: „Durch das persönliche Kennenlernen werden falsche Vorstellungen über den Prüfer ausgeräumt. Vorurteile gegenüber der Revisionstätigkeit werden abgebaut. Den einzelnen Stellen wird deutlich, dass auch sie von der Prüfung profitieren können."

Die Revisionsdurchführung in der öffentlichen Verwaltung muss als unterstützende Leistung für die Ressortleitung stattfinden, damit eine effiziente und effektive Arbeit gewährleistet werden kann. Das Revisionsvorhaben bedeutet aber gleichzeitig für die Geprüften eine unangenehme Einmischung in die Arbeitssphäre und bringt bestimmte Befürchtungen mit sich. Noch bevor der Rabl beginnt, muss sich das RT im Klaren darüber sein, dass nicht nur auf Seiten der Prüfer Grundbedürfnisse existieren, sondern auch auf Seiten der Geprüften. In jedem Bediensteten steckt das Streben nach persönlicher und beruflicher Anerkennung und Achtung. Wenden sowohl Prüfer als auch geprüfte unsachliche und unfaire Methoden in ihrer Auseinandersetzung an, führt dies zur Bedrohung der Grundbedürfnisse beider Seiten. Dazu kommt die Erkenntnis, dass sachliche Auseinandersetzung allein nur mit großen „Reibungsverlusten" möglich ist. Letztlich muss eine Glaubwürdigkeit der Gesprächsführung von Prüfern und Geprüften gegeben sein.

Grupp (1986) formuliert Anregungen, die an den Chef einer RA gerichtet sind, die auch aus meiner Sicht von einem Prüfungsleiter einer Revision beachtet werden sollten:

- Gebrauchen Sie das Wort „Revision" möglichst wenig. Sprechen Sie eher von der zentralen Überwachungs- und Koordinationsstelle der Org, denn „Revision" hat nun mal einen etwas unangenehmen Beigeschmack.
- Zeigen Sie die Verantwortlichkeit der RA auf, dafür zu sorgen, dass in allen Arbeitsabläufen vorbeugend

aussichtsreiche Sicherungen enthalten sind, die beim Eintreten jedes Risikofalls „rote Lämpchen" aufflackern lassen.
- Schildern Sie die Möglichkeiten des geschulten Prüfers, Vorschläge zur Kostensenkung, Leistungssteigerung und zur Ausschaltung von Reibungen zu machen, die auf eine mangelhafte Koordination zurückzuführen sind.
- Erklären Sie den Geprüften, dass die RA alle Abteilungen überprüft, in denen Organisationsentscheidungen getroffen werden und die Geprüften deshalb von den Prüfern eine besonders hohe Aufgeschlossenheit erwarten dürfen.
- Haben Sie als Prüfungsleiter Verständnis, wenn Sie trotz aller Überzeugungskünste doch nicht gerade als Freund angesehen werden.
- Die Geprüften werden Sie als Prüfungsleiter bei einem Einführungsgespräch wahrscheinlich nach dem Zweck der Prüfung gerade in ihrem Bereich fragen. Hier wird es für Sie von Vorteil sein, wenn Sie sich bei der Prüfungsplanung bereits mit den Funktionen und Problemen des Prüfungsgebietes befasst haben. So lässt sich die unangenehme Situation vermeiden, dass Sie als Prüfer beim ersten Kontaktgespräch erkennen und eingestehen müssen, dass Sie keine Kenntnisse über den zu prüfenden Bereich haben.
- Verfolgen Sie als Prüfungsleiter bei einem Einführungsgespräch aufmerksam die Reaktionen des Leiters der geprüften OE. Sie geben Ihnen wertvolle Anhaltspunkte! Steht der Leiter des geprüften Bereiches einer Durchleuchtung seines Bereiches positiv gegenüber? Oder versucht er, Schwachstellen zu verdecken und den Prüfer aus möglichen Problemzonen herauszuhalten. Gebräuchliche Ausreden sind hier:
- „Im Moment ist es ungünstig ..."

- „Gegenwärtig wird eine Umorganisation in die Wege geleitet, die ohnehin alles ändert"
- „Es ist schon seit langem geplant, dass ..."
- „Die Fehler und Unzulänglichkeiten in diesem Gebiet sind uns allen längst bekannt"

Das Einführungsgespräch ist nicht der richtige Augenblick, um sofort den Wahrheitsgehalt solcher möglichen Ablenkungsmanöver zu erforschen oder gar anzuzweifeln, so Grupp. Denn jetzt geht es noch darum, den Prüfern den Weg zu bahnen und ein erträgliches Arbeitsklima zu schaffen. Widersprechen Sie deshalb nicht, sondern verweisen Sie auf einen späteren Zeitpunkt: „Darüber können wir uns unterhalten, wenn wir etwas tiefer in die Materie eingedrungen sind ...". Gelingt es dem RT bei dieser Gelegenheit, ein positives Gesprächsklima aufzubauen, sind die geprüften Personen eher geneigt, dem Wunsch der Revisoren zu entsprechen, bei der Ist-Zustandsanalyse aktiv mitzuwirken. Das Einführungsgespräch bietet auch die Chance, über die Stärken und Schwächen des Prüfobjektes aus der Sicht der Geprüften zu sprechen.

1.2 Die Soll-Zustandsanalyse

Für den weiteren Prüfungsverlauf sind für das Prüfobjekt die vorhandenen Normen für die Ermittlung des Soll-Zustandes durch das RT zu ermitteln. Eine erfolgreiche Durchführung einer Revision setzt das Vorhandensein geeigneter Sollgrößen voraus. Sind diese durch das RT leicht zu eruieren, besteht die Aufgabe der Prüfer lediglich in der Zusammenstellung der relevanten Normen für das Prüfungsobjekt. Nicht nur

Gesetze, Verordnungen, Erlässe und Ministerratsbeschlüsse zählen zu den Normen in der öffentlichen Verwaltung, sondern auch Organisationsanweisungen, Richtlinien und Stellenbeschreibungen. Darüber hinaus hat jede OE auch Plandaten, die mit dem Entscheidungsträger einer Org abgestimmt wurden und die es zu erreichen gilt. Sie stellen ebenfalls einen Soll-Zustand dar und weisen einen bestimmten Konkretisierungsgrad auf, um die Zielerreichung und die Zielabweichungen festzustellen. In manchen Fällen – z. B. bei Systemrevisionen – wird es notwendig sein, dass die Revisoren die Normen auf ihre Widersprüchlichkeit zu beurteilen haben, um diese als Sollwert dem Ist-Zustand gegenüberstellen zu können. Die Phase der Soll-Zustandsermittlung ist insofern entscheidend, da von den Revisoren eine übersichtliche Analyse betreffend die Normeninhalte sowie ihre Verbindlichkeit als Soll-Zustand erwartet wird. Der gesamte Rabl und letztlich das Prüfungsergebnis wird demnach dadurch bestimmt, ob bereits in der Soll-Zustandsermittlung Mängel bei der Gewinnung der Sollgrößen vorliegen.

Bedingt durch unsere schnelllebige Zeit mit den sich laufend verändernden Bedingungen kann es sein, dass die geltenden Soll-Vorgaben den realen Gegebenheiten widersprechen und somit das RT die Aufgabe zu übernehmen hat, entsprechende Sollgrößen zu entwickeln, nachdem es die Entstehungsgründe der in einer Org bestehenden Normen analysiert und mögliche Widersprüchlichkeiten festgestellt hat. In manchen Fällen kann es sein, dass die Normenauswahl weitgehend im Ermessen des RT liegt und es versuchen wird, eine Konkretisierung anhand seines Erfahrungswissens vorzunehmen. Hierbei könnten Hilfsgrößen bzw. Vergleichsgrößen aus anderen Bereichen bei der Ermittlung des Soll-Zustandes dienen. Allerdings liegen die Probleme bei den Vergleichsgrößen oft in der unvollständigen Vergleichbarkeit, der fehlenden Nachprüfbarkeit, dem Vergangenheitscharakter und der unterschiedlichen Beurteilbarkeit. Sollte durch die Revisoren ein neuer Soll-Zustand entwickelt worden sein, so müssen in jedem Fall auch hier sowohl Kosten-Nutzen-Überlegungen als auch Risikominimierungsüberlegungen einfließen.

1.3 Die Ist-Zustandsanalyse

Bereits bei der Vorbereitung einer Revision wird ein Prüfungsziel festgelegt und dabei die Grenzen der Erhebungstiefe abgesteckt. In der Phase der Ist-Zustandsanalyse muss es das RT schaffen, eine Dokumentation des Ist-Zustandes als Zusammenfassung der bisherigen Arbeitsergebnisse in einem bestimmten Beobachtungszeitraum zu erstellen.

Nach Grupp (1986) kann sich eine Ist-Zustandsanalyse auf folgende Bereiche einer Org beziehen:

- die Strukturorganisation bzw. Aufbauorganisation
- die Ablauforganisation
- das Berichtswesen
- die Kommunikationsbeziehungen
- die Sachmittelorganisation

In allen Bereichen wird der Revisor bei der Prüfung sowohl die Kostenseite als auch die tatsächlich erbrachte Leistung (mit der dafür benötigten Zeit) berücksichtigen. Generell kann gesagt werden, dass bei allen Arten von Prüfungen in OE die schrittweise Vertiefung anhand eines vorhandenen

Organigramms erfolgt. Erste Schritte sind einerseits die Analyse der Aufgabenbefugnis und andererseits die Durchsicht der Arbeitsplatzbeschreibung jedes einzelnen Geprüften. Stellt das RT am Ende seiner Prüfung bei der Tätigkeits- und Leistungsanalyse Unzulänglichkeiten fest, wird auch eine Untersuchung des Führungsverhaltens und des Betriebsklimas notwendig sein. Wird ergänzend eine Prüfung der Ablauforganisation durchgeführt, erweitern sich die Prüfungspfade. Ein Revisor kann bei einer Ist-Zustandsanalyse nur dann Schwachstellen feststellen, wenn er die Details zu folgenden Bereichen kennt:

- die Aufgaben eines Systems oder einer Funktion
- die Aufbau- und Ablaufstruktur
- die verwendeten Hilfsmittel
- die Qualifikation des Personals
- die Zusammenhänge innerhalb eines Arbeitsgebietes und zu benachbarten Arbeitsbereichen

Bei einer Ist-Zustandsanalyse im Rahmen einer Prüfung des Internen Kontrollsystems (IKS) müssen mögliche Risiken erfasst, bewertet und gesteuert werden, um für die Zukunft ordnungsgemäße, wirtschaftliche, ethische und wirksame Abläufe von Prozessen sicherzustellen. Als Ergebnis der Ist-Zustandsanalyse des IKS kann entweder seine korrekte Funktionalität bestätigt werden oder es werden Schwächen im System festgestellt, die eine Empfehlung des RT erforderlich machen.

Berger (2011) weist darauf hin, dass Kontrollaktivitäten auf allen Ebenen und in allen Aufgabenbereichen einer Org anfallen, u. zw. sowohl vorbeugende als auch aufdeckende Kontrollmaßnahmen. Diese können unterschiedlicher Natur sein:

- organisatorische Kontrolle (Vorhandensein von Befugnissen über Bevollmächtigungs- und Genehmigungsverfahren)
- Kontrolle bezüglich Aufgabentrennung (Vier-Augen-Prinzip für bedeutende Vorgänge)
- Kontrolle über den Zugriff auf Ressourcen und Unterlagen (Vorhandensein einer Beschränkung nur auf einen bestimmten Personenkreis)
- Prüfung auf Vorhandensein automationsunterstützter Kontrollen

Bei der Umsetzung von wirkungsvollen Kontrollmaßnahmen wie z. B. beim Datenabgleich oder bei Plausibilitätsabfragen können entsprechende standardisierte Software-Produkte hilfreich sein.

Die Erfassung des Ist-Zustandes im zu prüfenden Bereich erfolgt mittels einer Dokumentenanalyse und durch Einsichtnahme in relevante schriftliche Unterlagen der tätigen Sachbearbeiter. Dies setzt jedoch voraus, dass die Revisoren eine lückenlose Dokumentation der Arbeitsabläufe vorfinden. Als hilfreich dabei hat sich die Ausgabe von Formularen an die Sachbearbeiter erwiesen, mit deren Hilfe sie in Form von Selbstaufzeichnungen Auskunft über ihre Einzeltätigkeiten sowie deren Art und Dauer geben können. Stellen die Revisoren fest, dass die Plan- und Zielerreichungsdokumentation nicht vollständig bzw. nicht transparent genug vorliegt, so haben sie mit der Interviewmethode ein weiteres Mittel zur Hand, um ihre im Revisionsverfahren erstellten eigenen Arbeitspapiere zu vervollständigen.

In der Regel umfassen diese Arbeitspapiere

- Aufzeichnungen über eigene Eindrücke der Revisoren vom geprüften Bereich
- Protokolle der Interviews

- Ablaufpläne der untersuchten Geschäftsfälle
- von den Revisoren aufgrund ihrer Analysen selbstverfasste Stellenbeschreibungen
- graphische Darstellungen der Aufbauorganisation wie z. B. Funktionsdiagramme und Organigramme
- ausgefüllte Fragebögen
- Selbstaufzeichnungsformulare der Sachbearbeiter des geprüften Bereiches über die Art und Dauer ihrer Einzeltätigkeiten
- Protokolle über Arbeitsstudien
- Protokolle über Leistungsmessungen
- Aufzeichnungen über den Prüfungsverlauf bzw. Prüfungsfortschritt, eine Art Revisionstagebuch
- den laufend aktualisierten Prüfungsplan

Die Ist-Zustandsanalyse kann noch durch weitere Unterlagen, welche das geprüfte Personal selbst zur Verfügung gestellt hat sowie durch andere zusätzlich bereitgestellte Unterlagen von OE, die nicht zum Prüfobjekt zählen, ergänzt werden.

1.4 Die Schlussbesprechung

Basis für die Schlussbesprechung bilden entweder eine Dokumentation der Revisionsfeststellungen in Form einer Punktation oder der Entwurf des Rohberichtes des RT. Im Zuge der Schlussbesprechung präsentiert das RT die Ergebnisse seiner Untersuchung und erläutert seine Empfehlungen. Gleichzeitig besteht die Möglichkeit, die Geprüften über die während der Revision erstellten Arbeitspapiere der Revisoren in Kenntnis zu setzen, um so durch deren Einbindung eine Anerkennung der aufgezeigten Schwachstellen und die Akzeptanz der notwendig einzuleitenden Maßnahmen zu erreichen. Den Geprüften wird die Möglichkeit gegeben, einzelne Punkte der Revisionserhebung anzusprechen und bei fehlender Übereinstimmung bezüglich objektiver Fakten eine Richtigstellung zu verlangen. Kann im Rahmen der Schlussbesprechung in einzelnen Punkten keine Übereinstimmung erzielt werden, so wird durch das RT vorgeschlagen, eine Gegendarstellung der Geprüften in den Rohbericht aufzunehmen. Am Ende der Schlussbesprechung informiert das RT die Geprüften über den weiteren Verlauf der Berichterstattung (vom Rohbericht bis zum Endbericht) und kündigt seine Absicht zur Durchführung einer Nachprüfung (Follow-Up) an, um festzustellen, ob die Empfehlungen des RT auch tatsächlich umgesetzt wurden oder ob in der Zwischenzeit berechtigte Gründe vorliegen, die die Realisierung der Empfehlungen als nicht mehr notwendig erscheinen lassen.

1.5 Die Nachprüfung (Follow-Up)

Mit dem Abschluss der Revision und der Übermittlung des Endberichtes an den Entscheidungsträger einer Org ist die Überwachungsaufgabe der IR aber noch nicht abgeschlossen. Vielmehr ist sicherzustellen, dass festgestellte Schwachstellen aller Art sobald wie möglich abgestellt werden, um eine Organisationsoptimalität zu gewährleisten. Daher ist es unerlässlich, die Umsetzung der durch das RT angeregten Empfehlungen zu überwachen. Diese „Überwachung" erfolgt in Form einer Nachprüfung (Follow-Up), bei der sich das RT nach angemessener Zeit davon überzeugen kann, ob die von ihm empfohlenen Maßnahmen – insbesondere zur Mängelbeseitigung – auch tatsächlich die erwünschten Verbesserungen bewirkt haben. Der Zeitraum, welcher hier als „angemessen" gilt, kann nicht allgemeingültig festgelegt werden, denn es muss sowohl der Umfang der durchgeführten Revision berücksichtigt werden als auch das Faktum, dass die Wirksamkeit der Verbesserungsmaßnahmen erst nach einiger Zeit zutage treten wird.

2. Weitere Aufgaben der Internen Revision

Neben der Hauptaufgabe der IR in der Bundesverwaltung als Wächter über die Einhaltung des Grundsatzes der Rechtmäßigkeit sowie der Grundsätze der Wirtschaftlichkeit, Zweckmäßigkeit und der Sparsamkeit mithilfe des Instruments der Revision, d. h. durch mehr oder weniger periodische rückschauende Untersuchungen abgeschlossener Tatbestände mittels eines Soll-Ist-Vergleichs gibt es noch weitere Aufgaben, die in den Aufgabenbereich der IR fallen: die begleitende Kontrolle (als Überwachungsmaßnahme bei laufenden Projekten) und die Beratung (als Servicefunktion) aufgrund ihrer durch eigene Revisionen gewonnenen Erkenntnisse und Erfahrungen.

2.1 Die begleitende Kontrolle

Die begleitende Kontrolle durch Revisoren findet meist als Überwachungsmaßnahme bei laufenden Projekten mit einem Projektleiter und Projektmitarbeitern statt, vorzugsweise bei Bau- oder EDV-Projekten, aber auch bei der Vergabe von Lieferaufträgen oder Dienstleistungsaufträgen ab einer bestimmten Wertgrenze. In diesen Fällen handelt es sich um eine Sonderaufgabe der IR, denn primär sind von der IR die klassischen Revisionsaufgaben (z. B. Systemrevisionen) wahrzunehmen. Revisoren, die in einem Projektteam mitwirken ohne dem Projektleiter unterstellt zu sein, sind in diesem Fall nur beratend tätig. Durch ihre Erfahrung und ihre speziellen Kenntnisse können sie mithelfen, Mängel im Projektmanagement rechtzeitig zu erkennen, um eventuelle Probleme schon im Vorfeld zu verhindern. Da sie nicht der Projektorganisation angehören, besteht keine Prozessabhängigkeit. Eine Prozessabhängigkeit würde dann bestehen, wenn Revisoren bei Entscheidungen im Projektvorgang eingebunden waren.

Im Fall einer begleitenden Kontrolle befassen sich Prüfungen hauptsächlich mit

- der Kontrolle der Einhaltung der geplanten Projektkosten
- der Prüfung von Ursachen, die mit der Nichteinhaltung des Projektzeitplanes zusammenhängen
- der Kontrolle der Zielerreichung des Gesamtprojektes

In Abhängigkeit vom festgelegten Projektzeitplan können die Revisoren bestimmte Zeitpunkte festlegen, sog. Meilensteine, um den Abschluss von Aktivitäten innerhalb eines bestimmten Zeitabschnittes zu überprüfen.

2.2 Die Beratung (Consulting)

In vielen RO zählt zu den Grundlagen der Aufgabenbesorgung der IR, dass sie diese reformorientiert im Sinne einer Beratungs- und Servicefunktion anzubieten hat. Damit zählt die Beratung zu einer wichtigen Aufgabe von Revisoren, wobei ihnen sowohl die durch eigene Revisionen gewonnenen Erkenntnisse als auch das durch permanenten Erfahrungsaustausch und durch persönliche Weiterbildung erworbene Wissen zugutekommt. Auf diese Weise stellt eine Beratung durch die IR für die gesamte Org einen Zugewinn dar, da die IR durch ihr qualifiziertes Wissen den Zukauf von externen Beratern im Zuge einer Leistungsvergabe überflüssig macht. Ein weiterer Vorteil liegt darüber hinaus in der großen Zeitersparnis bedingt durch ihr „Insider-Wissen", da sie im Vergleich zu externen Beratern mit den einzelnen Abläufen und Prozessen in einer Org vertraut sind, wo hingegen externe Berater keine Kenntnis der speziellen Gegebenheiten haben und im Grunde auf die Informationen von Revisoren angewiesen sind, um ihre Aufgaben zu erfüllen. Die Beratung durch die Revisoren stellt eine besonders wichtige Hilfe für die Leiter der OE dar, um eine optimale Wirksamkeit des IKS zu erzielen. Die Beratungsleistungen sind darauf ausgerichtet, **Mehrwerte zu schaffen und Geschäftsprozesse zu verbessern.**

Damit die Beratung durch erfahrene Revisoren möglichst effizient erfolgen kann, ist eine strikte Begrenzung der Beratungsgespräche auf die vorliegenden Probleme des Arbeitsablaufes in der zu beratenden OE notwendig. Die soziale Interaktion zwischen Berater und Hilfesuchenden kann dazu verleiten, dass im Rahmen des Beratungsgespräches auch persönliche Probleme der zu beratenden Person zur Sprache kommen. Dies sollte vermieden werden, denn dadurch greift die eigentliche Fachberatung nicht wirklich und es kann keine Problemlösung in angemessener Zeit gefunden werden.

Nach diesen einleitenden Ausführungen der fachlichen Begriffe, der Darstellung der Phasen eines Rabl sowie der Erläuterung der begleitenden Kontrolle und der Beratung durch die Revisoren, möchte ich nun zum persönlichen Teil übergehen und meine damaligen Überlegungen unter einem psychologischen Aspekt erläutern.

Wie eingangs erwähnt stellte ich mir damals Fragen zu den einzelnen Phasen eines Rabl, zu den psychologischen Besonderheiten in Prüfungssituationen und möglichen Konfliktsituationen bzw. deren Auflösung. Antworten auf meine Fragen fand ich u. a. in der einschlägigen Fachliteratur, welche mir für meine Tätigkeit als Revisor eine große Hilfe war.

3. Meine Fragen bezüglich einer Revisionsdurchführung und die in der Literatur gefundenen Antworten

Bereits in den Anfängen meiner Tätigkeit als Revisor stellte ich aufgrund eigener Erfahrung fest, dass die fachlichen Kenntnisse in Bezug auf die Rabl zwar die Basis für die Ausübung meiner Tätigkeit darstellten, in der praktischen Umsetzung jedoch noch ganz andere Fähigkeiten gefragt waren. Der Schlüssel zum Erfolg einer Revision musste also darüber hinaus in einer eher „ungreifbaren" Sphäre liegen, die individuell und daher sehr persönlich im Charakter des jeweiligen Revisors zu suchen war. Dieser Gedanke führte mich zu weiteren Überlegungen angesichts von Erlebnissen wie folgenden: In den ersten Jahren meiner Tätigkeit als Revisor musste ich bei der Durchführung von Prüfungen feststellen, dass ich manchmal – obwohl ich mit den verwendeten Begriffen bzw. Definitionen und mit den Phasen eines Rabl vertraut war – als Prüfer gegenüber den einzelnen Geprüften keine vertrauensvolle Basis herstellen konnte und so in unangenehme Situationen geriet, die sodann mein Verhalten beeinflussten. Ich stellte mir die Frage, ob nicht ursprünglich mein eigenes Verhalten in der Prüfungssituation für die unerfreuliche Wendung ausschlaggebend gewesen sein könnte, denn obwohl bei jeder Revision das Prüfobjekt im Vordergrund steht, darf nicht übersehen werden, dass der persönliche Aspekt zwischen Prüfer und Geprüften als wesentlich für einen erfolgreichen Revisionsverlauf anzusehen ist. Dabei ist zu bedenken, dass der Geprüfte sich in einer Stresssituation befindet und schon vorweg – sozusagen durch einen „eingebauten Filter" – Zurückhaltung zeigt, sodass er dem Prüfer nicht viel preisgeben wird. Es ist die Aufgabe des Prüfers, die Fähigkeiten und Facetten des Geprüften festzustellen und den Ablauf der Befragung durch psychologisches Geschick entsprechend zu lenken. Hier kommt der zwischenmenschlichen Kommunikation eine ganz bedeutende Rolle zu.

Um für zukünftige Rabl, insbesondere für die einzelnen Revisionsphasen psychologisch besser vorbereitet zu sein, galt es, mich selbst als Revisor vor allem in Prüfungssituationen besser kennenzulernen und herauszufinden, welches Verhalten sowohl beim Prüfer aber auch beim Geprüften von Vorteil sein kann, um einen reibungslosen Ablauf zu erleben. Ich habe mir viele Fragen zur Revisionsdurchführung gestellt und war neugierig, was ich als Revisor über die Interaktion zwischen Prüfer und Geprüften lernen kann. Im Vordergrund dabei stand für mich der Mensch, sein Charakter, seine Prinzipien und die persönlichen Vorstellungen, zu prüfen und geprüft zu werden. Bei der Auswahl der Fragen für dieses Buch habe ich mich an ein Zitat von Nagib Mahfuz erinnert: Ob ein Mensch klug ist, erkennt man an seinen Antworten. Ob ein Mensch weise ist, erkennt man an seinen Fragen.

In diesem Sinne hoffe ich, für die am Thema interessierte Leserschaft die richtigen Fragen gestellt zu haben – ergänzt um die von mir gesuchten (und gefundenen) Antworten von diversen Fachautoren, die für mich damals wegweisend waren für meine weitere Revisionstätigkeit und die meiner Meinung nach ihre Allgemeingültigkeit bis heute behalten haben.

Im Nachfolgenden möchte ich diese Fragen einzeln erörtern u. zw. in Form eines fiktiven Interviews, das ich als Revisor mit den Autoren führe.

3.1 Das Einführungsgespräch

3.1.1

Frage:
Im Einführungsgespräch findet der erste Kontakt zwischen Revisoren und Geprüften statt. Was sollte der Prüfungsleiter als Sprecher des RT tun, um ein positives Gesprächsklima zum gegenseitigen Kennenlernen aufzubauen?

Antwort:
Zu allen meinen Fragen bezüglich des Einführungsgesprächs fand ich aufschlussreiche Antworten bei Grupp (1986) und Tschirf (2008):

Revisionen sind in einer Org für die Erzielung einer Effizienz, Effektivität, Wirkungsorientierung sowie Einhaltung gegebener Normen notwendig. Für die Geprüften stellen sie jedoch einen Eingriff in ihren täglichen Arbeitsablauf dar und sind für sie naturgemäß mit einer gewissen Angst verbunden. Daher ist es die Aufgabe der Revisoren, die Unsicherheit der Geprüften zu reduzieren und eine Basis des Vertrauens zu schaffen, indem sie bei der Prüfungsankündigung – also noch vor dem Einführungsgespräch – Informationen über das Prüfobjekt sowie den geplanten Prüfungsablauf mit allen Details bekanntgeben. Dies gilt natürlich nur dann, wenn nicht eine Prüfung bei Verdacht einer arglistigen bzw. mit bösem Vorsatz getätigten Handlung vorliegt.

3.1.2

Frage:
Kann in der Phase des Einführungsgesprächs ein konfliktfreies Revisionsklima geschaffen werden, wenn den Geprüften die Möglichkeit geboten wird, über eigene positive und negative Erfahrungen zu sprechen?

Antwort:
Durch die Einräumung der Möglichkeit für die Geprüften, über ihre eigenen positiven und negativen Erfahrungen und Erkenntnisse zu sprechen, erhält das RT zu Beginn der Prüfungshandlungen bereits erste Eindrücke über Mängel, die das weitere Festlegen von Prüffeldern erleichtert und gleichzeitig den Geprüften die Gelegenheit bietet, auch Anerkennung für ihre bisher geleistete Arbeit zu erhalten. Werden Mängel durch die Geprüften selbst aufgezeigt, sollte das Prüfungsteam zum jetzigen Zeitpunkt kritische Äußerungen unterlassen, um eine eventuelle im Verborgenen vorhandene Angst vor Selbstoffenbarung nicht zu bestärken und dadurch das Gesprächsergebnis zu gefährden. Vielmehr ist es angebracht, als Revisor die Geprüften einzuladen, sich bei der Findung optimaler Bedingungen für zukünftige Arbeitsprozesse einzubringen, da auf diese Weise Spannung abgebaut und Vertrauen aufgebaut wird.

3.1.3

Frage:
Manchmal stellt ein Prüfungsleiter bei einem Einführungsgespräch fest, dass die Geprüften eine Revision ablehnen und nicht bereit sind, über das Prüfobjekt und insbesondere über mögliche Probleme

zu sprechen. Welche Maßnahmen stehen dem RT zur Verfügung, damit die Blockade beseitigt werden kann?

Antwort:
Zunächst sollten die Revisoren unmissverständlich darauf hinweisen, dass bei den zukünftigen Prüfungshandlungen Rücksicht auf den täglichen Arbeitsanfall und die dafür nötige Arbeitszeit der Geprüften genommen werden wird. Lehnen die Geprüften eine Revision ab, weil sie der Meinung sind, dass ohnedies alle Normen und Standards eingehalten werden, können Revisoren entgegenhalten, dass der Prüfbericht bei festgestelltem mängelfreiem Arbeitsablauf ein Starkstellenbericht sein wird, der das Image dieser OE in der gesamten Org steigern wird.

3.1.4

Frage:
Wie eingangs erwähnt, findet beim Einführungsgespräch zwischen Revisoren und Geprüften der erste Kontakt statt. Welchen Stellenwert hat dabei das Kommunikationsverhalten des Prüfungsleiters (und der Revisoren des Prüfungsteams) gegenüber dem Leiter des zu prüfenden Bereiches (und seinen Mitarbeitern)?

Antwort:
Es darf auf keinen Fall übersehen werden, dass Kommunikation einen Sach- und Beziehungsaspekt hat. Während die Sachebene Verstand, Logik, Wissen, Daten und Fakten umfasst, schließt die Beziehungsebene bzw. die emotionale Ebene die Selbst- und Fremdachtung, die soziale Anerkennung sowie das Vertrauen und das Vertrauen-Können mit ein. Mag es auch keinen Zweifel daran geben, dass ein RT die Sachebene beherrscht, so ist es nach Grupp (1986) aber keineswegs sicher,

ob auch auf der Beziehungs- bzw. Gefühlsebene alle notwendigen Voraussetzungen für eine optimale Kommunikation gegeben sind. Um bereits beim Einführungsgespräch überzeugend und glaubhaft zu sein, muss das RT insbesonders darauf achten, dass in der Kommunikation sprachliche und nichtsprachliche Anteile einer Botschaft übereinstimmen.

3.1.5

Frage:
Warum ist es wichtig, wie eine Botschaft des RT vermittelt wird, um richtig verstanden zu werden, d. h. also sowohl auf die sprachlichen als auch die nichtsprachlichen Anteile zu achten?

Antwort:
Jeder Mensch hat in der Begegnung mit Anderen bereits die Erfahrung gemacht, dass es bei der Abgabe einer Botschaft des Senders auf die Wortwahl, Tonlage, Lautstärke, Betonung, auch auf die Deutlichkeit bzw. Artikulation, ja sogar auf die Sprachmelodie, das Sprachtempo und auf Sprechpausen ankommt, damit der Empfänger die Botschaft klar und eindeutig versteht. Gerade bei einem Einführungsgespräch noch vor Beginn der Prüfungshandlungen, also beim ersten Kennenlernen der Prüfer und Geprüften hat – über die verbale Botschaft hinaus – auch die nonverbale Botschaft der Revisoren einen hohen Stellenwert, denn widersprüchliche Botschaften, d. h. Botschaften, bei denen die sprachlichen und nichtsprachlichen Anteile nicht übereinstimmen erzeugen bei den Geprüften Misstrauen und Unsicherheit.

3.1.6

Frage:
Die nichtsprachliche Nachricht wird auch als Körpersprache bezeichnet. Gibt es Aussagen über die Signale der Körpersprache und ihre möglichen Deutungen und kann aufgezeigt werden, warum die Körpersprache für ein RT besonders wichtig ist?

Antwort:
Körpersprachliche Signale werden unbewusst gesendet und gedeutet. Dabei spielen die persönlichen Einstellungen und Denkmuster der Revisoren eine wichtige Rolle. Psychologisch betrachtet können körpersprachliche Elemente nur im Zusammenhang mit dem jeweils gesprochenen Inhalt gedeutet werden, Interpretationen von Einzelgesten führen unweigerlich zu Missdeutungen. Sich dieser Tatsache bewusst zu werden, hilft in der täglichen Praxis, um unliebsame Situationen zu vermeiden, denn das eigene Bemühen als Prüfungsleiter kann unter Umständen zunichte gemacht werden, wenn in einer Prüfungssituation die einzelnen Revisoren innerhalb eines RT unterschiedliche Signale senden: Der Prüfungsleiter kann sich noch so bemühen, auf seine Mimik und Gestik, auf seine Sprachmelodie und sein Sprachtempo zu achten, bewusst seinen Blick mit Aufmerksamkeit auf die Geprüften richten, wenn die körpersprachlichen Signale weiterer anwesender Revisoren „eine andere Sprache sprechen", so wird dies zu Missdeutungen bzw. Verunsicherung führen.

Nehmen wir ein Beispiel:
Stellen Sie sich eine Prüfungssituation vor, bei der die Geprüften beim ersten Kennenlernen dem Prüfungsleiter und drei weiteren Revisoren gegenüber sitzen. Der Prüfungsleiter spricht mit ihnen in obigem Sinne „in vorbildlicher Weise"

über die gegenständliche Thematik, während die Geprüften bei den anderen Revisoren unterschiedliche Verhaltensweisen feststellen müssen. Der Eine wirkt gelangweilt, er zeigt sein Desinteresse, indem er sich demonstrativ zurücklehnt und mehrfach gähnt, seinen Blick umherschweifen lässt und ganz offensichtlich gedanklich nicht präsent ist. Ihm scheint das Gespräch bereits zu lange zu dauern. Der Zweite signalisiert Ablehnung, indem er seine Arme verschränkt hält und mit gesenktem Kopf den Ausführungen der Geprüften zwar aufmerksam folgt, jedoch bei deren freiwilligem (!) Ansprechen von Mängeln verständnislos den Kopf schüttelt, als zweifle er an den Aussagen der Geprüften. Der Dritte fällt durch seine Arroganz und Selbstgefälligkeit auf, Blickkontakt zu den Geprüften erachtet er nicht als notwendig, denn er steht über den Dingen, für ihn sind die Ausführungen der Geprüften zu langatmig, die Argumente wenig plausibel und ohnehin nur Ausreden. Es ist erkennbar, dass der Prüfungsleiter den Geprüften gegenüber zwar positiv eingestellt ist und ihren Aussagen offenbar Glauben schenkt, die anderen Revisoren die Situation jedoch ganz anders zu beurteilen scheinen. In diesem Fall stimmen die sprachlichen und die nichtsprachlichen Botschaften des Prüfungsleiters nicht mit den körpersprachlichen Signalen der Revisoren überein, wodurch bei den Geprüften Unsicherheit und Misstrauen entsteht.

3.1.7

Frage:
Sowohl das Einführungsgespräch als auch die Schlussbesprechung, bei der möglicherweise auch für die Geprüften unangenehme Prüfungsergebnisse präsentiert werden müssen, sind wesentliche Abschnitte eines Rabl. Gibt es allgemeine Regeln für die

Gesprächsführung, an die sich beide Seiten halten sollten, um ein angenehmes Revisionsklima zu erreichen?

Antwort:
Ja, es gibt Gesprächsregeln, die dazu beitragen, dass Misstrauen oder Unsicherheit zwischen den Gesprächsteilnehmern vermieden werden können. Diese gelten für den Prüfungsleiter als auch für den Leiter des geprüften Bereiches gleichermaßen. Lt. Tschirf (2008) werden beim Gespräch drei Phasen unterschieden, erstens die **Eröffnung**, zweitens die **Durchführung** und drittens das **Ende**.

Für die **Eröffnung** gelten die Regeln:

- bereiten Sie sich gründlich vor
- prüfen Sie unauffällig Ihren Partner
- begrüßen Sie per Handschlag – und wenn möglich – durch Namensnennung
- überlegen Sie sich bereits vorher, ob Sie den Partner das Gespräch eröffnen lassen wollen
- eröffnen Sie stets positiv

Für die **Durchführung** gelten folgende Regeln:

- stellen Sie sich auf das Sprachniveau des Partners ein
- haben Sie Geduld
- fragen Sie häufig
- beantworten Sie Fragen präzise
- sprechen Sie ruhig und gelassen
- suchen Sie den Blickkontakt
- beobachten Sie genau die Ausdrucksreaktionen Ihres Partners

Für den **Schluss** sind folgende Regeln empfehlenswert:

- der Partner soll möglichst zufrieden aus dem Gespräch entlassen werden
- legen Sie gemeinsam mit dem Gesprächspartner ein Gesprächsergebnis und weitere Vorgangsweisen sowie Termine fest
- beim Abschied verfahren Sie ähnlich wie bei der Begrüßung

3.1.8

Frage:
Gibt es außer diesen Gesprächsregeln noch weitere Grundregeln, die nicht nur beim Einführungsgespräch, sondern während des gesamten Rabl zu beachten sind?

Antwort:
Ganz wichtig ist das richtige Argumentieren – was sowohl für die Revisoren als auch für die Geprüften gilt. Hier sind folgende Regeln einzuhalten:

- bringen Sie wenige, aber überzeugende Argumente und Gedanken. Je eher Sie die Interessen des Anderen ansprechen oder berücksichtigen können, umso besser und schneller werden Sie überzeugen können
- sprechen Sie auch Gefühle und Motive an
- bringen Sie Ihre Argumente in einer bestimmten Reihenfolge vor, sodass sie sich in ihrer Wirkung verstärken, nach dem Prinzip der Steigerung
- Ihre Argumente müssen für den Geprüften leicht verständlich und nachvollziehbar sein – und im Weiteren natürlich nachprüfbar und auch beweisbar sein

- zur Unterstützung Ihrer Argumentation sollten Sie Bilder, Unterlagen, Grafiken oder audiovisuelle Mittel einsetzen
- wiederholen Sie jene Argumente, die für den Geprüften – aus Ihrer aber auch aus seiner Sicht – wichtig sind und lassen Sie die Argumente weg, auf die er eventuell antworten kann „Na und, was habe ich davon?"

3.1.9

Frage:
Was ist bei einem Gespräch zwischen Revisoren und Geprüften besonders wichtig?

Antwort
Das Um und Auf sind **„richtig" gestellte Fragen**. Hierauf sollten alle Revisoren besonderes Augenmerk legen und sich darin „perfektionieren". Lt. Tschirf (2008) sollte ein Revisor sich dessen bewusst sein, dass richtig gestellte Fragen

- das Gespräch in Gang bringen
- das Gespräch in Fluss halten
- im Gespräch den „roten Faden" bilden
- den Geprüften zum Nachdenken zwingen
- Informationen bringen
- Weichen im Gespräch stellen
- klare, logische Argumentationen fördern
- Missverständnisse klären
- harte Meinungen aufweichen
- Monologe verhindern und den Dialog ermöglichen
- den Geprüften in den Mittelpunkt stellen
- beim Überzeugen helfen
- sowohl Prüfer und Geprüften dem Ziel näherbringen
- klare Entscheidungen bringen

3.1.10

Frage:
Gibt es – außer die richtigen Fragen zu stellen – noch weitere wichtige Regeln für den Revisor, um im Verlauf eines Rabl erfolgreich seine Dokumentation über das Revisionsergebnis erstellen zu können, die dann als Vorlage für die Schlussbesprechung und als Grundlage für einen Revisionsberichtsentwurf dienen kann?

Antwort:
Lt Tschirf (2008) ist es ganz wichtig, **Aktiv zuhören** zu können.

Das aktive Zuhören
- kann das Gespräch vertiefen
- verhindert, dass Sie sprechen, denn das Sprechen macht aktives Zuhören unmöglich
- zeigt dem Geprüften, dass er frei sprechen kann
- zeigt, dass Sie dem Geprüften volle Aufmerksamkeit schenken und während des Gesprächs nicht vorhaben, in irgendwelchen Unterlagen zu lesen
- kann dadurch betont werden, dass Sie persönlich z. B. offene Raumtüren schließen, denn geschlossene Türen erzeugen eine größere Ruhe im Raum
- bringt Sie dazu, sich auf den Gesprächspartner einzustellen, sich in seine Situation zu versetzen, um seinen Standpunkt zu verstehen
- verlangt Geduld: Sie sollten den Geprüften im Gespräch nicht unterbrechen, d. h. Sie müssen sich für die Gespräche die notwendige Zeit nehmen
- zwingt Sie, Ruhe zu bewahren und sich zu beherrschen. Wenn Sie sich ärgern, interpretieren Sie die Worte Ihres Gegenübers anders als sie gemeint sind

- zwingt Sie, sich durch Vorwürfe und Kritik nicht aus dem Gleichgewicht bringen zu lassen
- trägt dazu bei, dass Sie nicht in ein Streitgespräch geraten. Denn auch wenn Sie gewinnen sollten, haben Sie die Kooperationsbereitschaft der Geprüften für den weiteren Verlauf der Revision verloren

3.1.11

Frage:
Können beim aktiven Zuhören auch „Zuhörfehler" entstehen, die zahlreiche Missverständnisse auslösen können?

Antwort:
Zuhörfehler sind nicht selten. Fehler können sowohl durch den Sprecher verursacht werden als auch beim Zuhörer entstehen.

Fehler des **Sprechers** können folgende sein:

- zu schnelles Sprechen, der Zuhörer kann nicht mehr folgen
- zu langsames Sprechen, der Zuhörer langweilt sich
- die Botschaft ist unverständlich, zu kompliziert
- die Botschaft ist uninteressant, der Zuhörer fühlt sich nicht betroffen

Ebenso können **beim Zuhörer** Fehler auftreten:

- er nimmt Andeutungen als konkrete Aussagen wahr und stellt falsche Vermutungen an
- er nimmt die Botschaft wahr, interpretiert sie aber falsch
- er nimmt den sachlichen Gehalt der Information falsch auf
- er nimmt den emotionalen Gehalt der Information falsch auf

3.2 Die Soll-Zustandsanalyse

3.2.1

Frage:
Nachdem sich das RT sehr gut auf eine bestimmte Revision vorbereitet und die Revisionsziele festgelegt hat, werden schriftliche Informationsquellen wie Gesetze, Verordnungen, Erlässe, Ministerratsbeschlüsse, Stellenbeschreibungen, Berichte des RH und vieles mehr in einem Bereich der öffentlichen Verwaltung gesammelt und zusammengestellt. Um noch weitere Unterlagen, wie z. B. Kernaufgabenaufstellungen, Kennzahlen und Plandaten von den Geprüften zu erhalten, ist ihre diesbezügliche Kooperation notwendig. Welches Verhalten seitens der Revisoren begünstigt eine gute Zusammenarbeit?

Antwort:
Lt. Tschirf (2008) wird der gesamte noch zu erfolgende Rabl mit allen persönlichen Kontakten zwischen Revisoren und Geprüften geprägt sein durch das Kommunikationsverhalten des Prüfungsleiters und seines Teams während des Einführungsgespräches. Wurden in dieser ersten Phase alle notwendigen Voraussetzungen für eine optimale Kommunikation sowohl auf der Sach- als auch der Beziehungsebene erfüllt, kann man objektiv gesehen in der Phase der Soll-Zustandsanalyse eine Kooperationsbereitschaft der Geprüften erwarten, d. h. der Leiter und seine Mitarbeiter des geprüften Bereiches werden ihr Möglichstes tun, um noch fehlende Unterlagen umgehend an das RT zu übermitteln.

3.2.2

Frage:
In dieser Prüfungsphase sind durch das RT alle geltenden Normen für das Prüfobjekt zu erfassen, um diese als Sollwert dem Ist-Zustand gegenüberstellen zu können. Welche Argumente sprechen dafür, die Geprüften bei der Soll-Zustandsanalyse einzuladen, sich bei der Erfassung zu beteiligen und welche Vorteile für den weiteren Revisionsverlauf können sich dadurch ergeben?

Antwort:
Die Einbindung der Geprüften bei der Erfassung der Normwerte und Sollgrößen in dieser Phase des Rabl führt zu einer wesentlich höheren Akzeptanz von später ausgesprochenen Empfehlungen, da durch die Beteiligung der Geprüften gleichzeitig ihr Anspruch nach Anerkennung von Anfang an erfüllt wird. Die Kooperation von Prüfern und Geprüften in der Phase Soll-Zustandsanalyse schafft Bedingungen, die beiden Seiten helfen, ein angenehmes Revisionsklima zu schaffen.

3.2.3

Frage:
Welche Informationen sollte das RT den Geprüften in der Phase der Soll-Zustandsanalyse bekanntgeben, um zu vermeiden, dass die Geprüften aufgrund von eigenen Vermutungen oder Gerüchten über die Prüfkriterien zu falschen Schlüssen bzgl. möglicher Konsequenzen gelangen?

Antwort:
In der Phase der Soll-Zustandsanalyse ist es lt. Tschirf (2008) unerlässlich, dass das RT die Sollgrößen klar vorgibt und benennt, da sich die Geprüften sonst möglicherweise an

vermuteten Kriterien und vermeintlichen Konsequenzen orientieren, was ihr Verhalten entsprechend beeinflusst und zu Unsicherheit und unnötigen Befürchtungen führt. Wenn durch das RT Prüfungsnormen für die Geprüften transparent vorgegeben werden, so steigt die Wahrscheinlichkeit, dass diese Sollgrößen von den Geprüften akzeptiert werden, und nur dann sind kooperative Verhaltensweisen zu erwarten. Darüber hinaus kann erreicht werden, dass die Geprüften selbst bei der Erfassung von weiteren Sollgrößen aktiv beitragen und – abgesehen davon, dass dadurch der zeitliche Aufwand bei den Analysen deutlich reduziert wird – letztlich eine wesentlich höhere Akzeptanz von später ausgesprochenen Empfehlungen zu erwarten ist.

3.2.4

Frage:
Welche Schwierigkeiten für das RT können bei der Festlegung der Sollwerte auftreten?

Antwort:
Siegwart/Menzl (1978) verweisen darauf, dass bezüglich der Festlegung und Gewinnung der Sollgrößen latent die Gefahr dysfunktionalen Verhaltens bei den Geprüften besteht, wenn

- der Leiter der Org entweder fachlich wenig kompetent ist oder seine Kompetenz von den Mitarbeitern nicht genügend anerkannt wird und die Ziele infolgedessen von den Bediensteten als zu hoch, zu niedrig oder als unerfüllbar erachtet werden
- allfällige Möglichkeiten der Mitwirkung von Bediensteten an der Zielsetzung nicht genützt werden bzw. keine

Anstrengungen zur Förderung der Zielidentifikation unternommen werden
- Bedienstete aufgrund eigener Erfahrungswerte und einer negativen Einstellung dem Vorgesetzten gegenüber versuchen, nach ihrer persönlichen Beurteilung eigenständig Sollgrößen festzulegen
- die Bediensteten Chancen sehen, die Glaubwürdigkeit eines verhassten Kontrollinstrumentes zu untergraben, um so mit der Zeit seine Abschaffung zu bewirken

3.2.5

Frage:
Warum kann in der Phase der Soll-Zustandsanalyse ein reger Informationsaustausch zwischen dem Revisor und dem Geprüften dazu beitragen, die Ursachen für mögliche Widerstände zu reduzieren?

Antwort:
Gemäß den Ausführungen von Siegwart/Menzl (1978) lässt sich sinngemäß folgendes ableiten: Die Erfassung und Darstellung der Sollgrößen durch den Revisor zeigt dem Geprüften die Gesamtzusammenhänge auf, er kann erkennen, welche Sollgrößen für den Prüfer wichtig sind, welche ihm bedeutend oder auch unbedeutend sind. Durch den ständigen Kontakt zwischen Prüfer und Geprüften gewinnen beide Seiten wertvolle Informationen und die Geprüften erweitern ihr Wissen über den Verlauf einer Revision, wodurch ihre Ängste und gefühlten Bedrohungen bzgl. möglicher Veränderungen reduziert werden können, obwohl durch den im Verlauf der Prüfung immer klarer definierten Soll-Zustand eventuelle Abweichungen zum Ist-Zustand transparenter werden.

3.2.6

Frage:
Welche weiteren Vorteile können sich für ein RT ergeben, wenn in der Phase der Soll-Zustandsanalyse Wert auf einen engen Kontakt mit den Geprüften gelegt wird?

Antwort:
Durch die enge Zusammenarbeit bei der Suche nach einsetzbaren Sollgrößen erhält das RT die Gewissheit, adäquate Soll-Zustände zu erfassen. Das RT bekommt Einblick in die Entstehungsgründe der von den Geprüften vorgelegten Zahlen, es erfährt Näheres über ihre Ziele aber auch über gegebene Widersprüchlichkeiten im Normgefüge bzw. die Schwachstellen aus der Sicht der Geprüften. Daraus können die Revisoren das Ausmaß der Akzeptanz der Sollgrößen durch die Geprüften ableiten und ihrerseits Schlüsse für eventuelle Änderungen ziehen. Von großem Vorteil für das RT ist darüber hinaus die Tatsache, dass eine Partizipation der Geprüften bei der Erfassung der Sollgrößen und in besonderem Maße bei der Beurteilung der vorgefundenen Normen bei den Geprüften die Tendenz vermindert, Rechtfertigungsstrategien zur Verteidigung des vorgefundenen Soll-Zustandes aufzubauen. Außerdem wird die Geltung und Vorteilhaftigkeit des geprüften Soll-Zustandes „relativiert", was ein Abrücken vom bisherigen Sollgefüge erleichtert und den Weg bereitet für die Akzeptanz von Vorschlägen zur Verbesserung des Soll-Zustandes.

3.3 Die Ist-Zustandsanalyse

3.3.1

Frage:
In dieser Phase des Rabl kommt es darauf an, dass das RT eine Dokumentation des Ist-Zustandes der bisherigen Arbeitsergebnisse in einem festgelegten Beobachtungszeitraum erstellt. Wie sollten sich die Revisoren gegenüber den Geprüften verhalten, damit alle wichtigen Informationen freiwillig und ohne Widerstand übermittelt werden?

Antwort:
Lt. Oszwald (1991) wäre es ideal, wenn das RT es schafft, gemeinsam mit den Geprüften eine Dokumentation des Ist-Zustandes der Arbeitsergebnisse zu erstellen. Es darf aber nicht übersehen werden, dass eine Revision einen Eingriff in die Arbeitsweise der Geprüften darstellt, der als unangenehm empfunden werden kann. Die Geprüften fürchten, dass es bei bisher gewohnten Organisationsabläufen durch die Feststellung von Mängeln in der Folge zu Änderungen kommen könnte, die eine Abkehr von gewohnten Wegen bedeuten. In dieser Phase des Rabl zeigt sich, ob es dem RT bereits beim Einführungsgespräch gelungen ist, eine Basis des Vertrauens zu entwickeln, indem offen und – in diesem Stadium des Prozesses noch ohne jegliche Kritik – über die Arbeitsabläufe im zu prüfenden Bereich gesprochen wurde. Um ohne Widerstände alle relevanten Informationen zu erhalten, ist seitens des Revisors besonderes psychologisches Geschick gefragt, wie er seine Taktik wählt und sie entsprechend dem Verhalten der Geprüften anpasst. Er muss beurteilen können, ob in der jeweiligen Situation ein Vorgehen im autoritären Stil angebracht ist oder ob eine Revision auf Augenhöhe möglich ist.

3.3.2

Frage:
Wenn das RT bei der Dokumentenanalyse feststellen muss, dass die Dokumentation über bisherige Arbeitsabläufe im zu prüfenden Bereich mangelhaft ist, muss ein Interview mit den Geprüften anberaumt werden. Auf welche Bedingungen hat der Revisor zu achten, um sicherzustellen, dass das RT alle notwendigen Informationen über den Ist-Zustand erhält?

Antwort:
Ist die Durchführung eines Interviews notwendig, um an die erforderlichen Informationen zu kommen, sind mehrere Faktoren ausschlaggebend für ein zufriedenstellendes Resultat, stellt Tschirf (2008) fest. Grundlage für das Interview ist die Ausarbeitung eines entsprechenden Fragebogens, worauf große Sorgfalt verwendet werden sollte, da dessen Gestaltung wesentlich zum Erfolg der Befragung beitragen wird. Andernfalls wird der Befragte schnell feststellen, dass der Fachbereich, in dem er tätig ist, durch den Revisor nur oberflächlich analysiert wurde, was sich in der Zusammensetzung der Fragen widerspiegelt und seine Bereitschaft zur Kooperation wird abnehmen, wenn er sich nicht ernstgenommen fühlt. Unabhängig vom jeweiligen Einzelfall sollten nach herrschender Meinung alle Fragen auch aus der Sicht Dritter verständlich formuliert sein.

Um den tatsächlichen Sachverhalt ermitteln zu können, sind noch weitere Aspekte zu berücksichtigen. Beispielsweise kann es sein, dass der Befragte über einen hohen Wissensstand verfügt, er jedoch nicht in der Lage ist, dieses Wissen zu kommunizieren. Hinzu kommt, dass im Allgemeinen Befragte aus verschiedensten Gründen nicht bereit sind, umfassende Antworten zu geben, sodass es zu Verständigungsfehlern kommen kann. Hier kommt es letztlich auf das Kommunikationsverhalten des Revisors an, ob es ihm gelingt, die Angst der Geprüften vor Selbstoffenbarung gar nicht erst aufkommen zu lassen. Das Interview anhand eines sorgfältig ausgearbeiteten Fragebogens zu führen erleichtert die Informationsgewinnung immens. Fragebogen sind standardisierte Prüfungsanweisungen und sollten aus detaillierten Instruktionen für ein bestimmtes Prüffeld bestehen, sie sollten konkrete Hinweise über das Prüfungsgeschehen und die wichtigen Einzelschritte geben können. Meistens sind sie das Ergebnis systematischer Auswertungen und Erkenntnissen aus früheren Revisionen. Die Eigeninitiative des Revisors zur Verwendung eines Fragebogens hat im Prüfungsgeschehen einen hohen Stellenwert. Um die Motivation von Revisoren eines RT diesbezüglich zu stärken, ist es empfehlenswert, nach Erledigung eines Revisionsauftrages die dabei neu gewonnenen Erkenntnisse in den Fragebogen einzuarbeiten. Das erhöht das Engagement der Revisoren und intensiviert ihre Kreativität.

Zusammengefasst lässt sich lt. Tschirf (2008) ein Fragebogen folgendermaßen definieren: **Fragebogen sind standardisierte Prüfungsanweisungen für ausgewählte Sachgebiete, die dem Revisor bestimmte Prüfungshandlungen vorgeben. Sie sichern eine einheitliche Prüfungsdurchführung und Prüfungsqualität und schaffen die Voraussetzungen für eine angemessene Beaufsichtigung der Prüfungsdurchführung.**

3.3.3

Frage:
Wenn es bei einem Interview letztlich auf das Kommunikationsverhalten des Revisors ankommt, wie sollte er das Gesprächsklima gestalten, damit die Kooperationsbereitschaft des Geprüften gegeben ist?

Antwort:
Wie in jeder Phase des Rabl ist das Kommunikationsverhalten des Revisors von ausschlaggebender Bedeutung für die Bereitschaft der Geprüften, Auskunft zu geben und kooperativ ihren Beitrag zum reibungslosen Ablauf einer Revision zu leisten, ist Tschirf (2008) überzeugt. Daher wäre es in der Phase der Ist-Zustandsermittlung fatal, wenn der Revisor jetzt, wo es um die kritischen Details geht, ein abschätzendes oder belehrendes Verhalten gegenüber dem Geprüften an den Tag legen würde. Zum jetzigen Zeitpunkt ist es nicht angebracht, die Schwächen des Geprüften anzusprechen und mit kritischen Äußerungen die Auskunftsbereitschaft des Geprüften zu gefährden. Überheblichkeit und Zynismus sind „tödlich" für das Gesprächsklima. Eine dominante Interviewführung, die dem Befragten nicht ausreichend Zeit zur Beantwortung der Fragen lässt sowie weitere negative Verhaltensweisen wie z. B. häufiges Unterbrechen des Geprüften, Nichtbeachtung von Argumenten oder gar persönliche Angriffe zeigen dem Geprüften, dass er nicht als gleichwertiger Gesprächspartner anerkannt wird. Ein geistiger Rückzug ist die Folge, wobei wichtige Informationen für die Ist-Zustandsanalyse verloren gehen. Befragungen sind so zu gestalten, dass der Revisor bei der Fülle von Einzeldaten und -fakten nicht den Überblick verliert. Umso wichtiger ist es, dass die Fragen in einem logischen Zusammenhang stehen und plausibel sind, denn sie sollen helfen, Schwachstellen

aufzudecken. Auf Grund seiner Fachkenntnisse, Berufs- und Lebenserfahrung sollte der Revisor beurteilen können, ob der Geprüfte kooperiert und die Fakten richtig darstellt oder Informationen zurückhält.

3.3.4

Frage:
Wie festgestellt wurde, kommt es in dieser Phase des Rabl sehr auf das Vorgehen des Revisors an. Worauf hat ein Revisor bei einer Befragung zu achten und welche Eigenschaften und Fähigkeiten helfen ihm, möglichst umfangreiche Ergebnisse für die Ist-Zustandsanalyse zu erhalten?

Antwort:
Gemäß Schulz von Thun (1981) kommt es in der Phase der Ist-Zustandsermittlung auf eine der wichtigsten Eigenschaften eines Revisors an, nämlich seine Fähigkeit des „aktiven" Zuhörens. Dies signalisiert besondere Aufmerksamkeit und bietet dem Geprüften die Möglichkeit, im Gespräch über die verschiedenen Aspekte seiner Tätigkeit persönliche und berufliche Anerkennung zu erhalten. Dabei ist es jedoch notwendig, die für das Interview eingeplante Zeit im Auge zu behalten, um das Gespräch nicht ausufern zu lassen evtl. in Bereiche, die die sachliche und fachliche Ebene überschreiten. Hier ist es von großem Vorteil, wenn der Revisor in der Interaktion mit dem Geprüften emotional möglichst distanziert und sachlich bleiben kann. Zu den grundlegenden Fähigkeiten eines Revisors in einer Interviewsituation zählt selbstverständlich seine Artikulationsfähigkeit, er sollte eine rasche Auffassungsgabe haben und über analytisches, kombinatorisches und logisches Denkvermögen verfügen.

3.3.5

Frage:
Entscheidend für den Prüfungserfolg ist in der Phase der Ist-Zustandsanalyse die Festlegung des Umfangs der Prüfungshandlungen und damit auch die Aussagekraft der Ergebnisse. Wenn ein RT vor der Wahl steht, entweder eine Vollprüfung oder eine Stichprobenprüfung durchzuführen, für welche Prüfungsart sollte es sich entscheiden?

Antwort:
Korndörfer/Peez (1991) verweisen auf den Vorteil einer Vollprüfung, der darin besteht, dass das zu untersuchende Prüfungsgebiet mit relativ hoher Sicherheit und Genauigkeit beurteilt werden kann. Doch auch bei einer lückenlosen Prüfung ist eine hundertprozentige Urteilssicherheit in der Praxis nicht zu erreichen, weil insbesonders bei umfangreichen und komplexen Prüfungsgebieten die Fehleranfälligkeit infolge Ermüdung der Prüfer ins Gewicht fallen kann. Außerdem sprechen Zeit- und Kostengesichtspunkte gegen eine lückenlose Prüfung. Eine Vollprüfung des gesamten Prüfungsgebietes ist demnach auf Ausnahmen beschränkt. Sie ist etwa dann erforderlich, wenn die gesamte Buchführung derart verworren und undurchsichtig ist, dass ein genauer Einblick in die Verhältnisse nur dann möglich wäre, wenn man jeden einzelnen Geschäftsfall überprüfen würde. Unter Wirtschaftlichkeitsgesichtspunkten ist deshalb in der Praxis die Prüfung in Stichproben der lückenlosen Prüfung vorzuziehen.

Die aus dem Prüfungsstoff zu entnehmenden Stichprobenelemente können auf verschiedene Weise ausgewählt werden:

- die Stichproben werden mehr oder weniger wahllos und willkürlich über das Prüffeld verteilt, man spricht auch von einer „Auswahl aufs Geratewohl" (Willkürauswahl)

- die Stichproben werden bewusst und systematisch aufgrund bestimmter Entscheidungskriterien dem Prüffeld entnommen, man spricht hier auch von einer bewussten oder gezielten Auswahl bzw. von einer Urteils- oder Ermessensstichprobe
- die Stichproben werden nach mathematisch-statistischen Gesichtspunkten über das Prüffeld verteilt, man spricht hier von einer Zufallsauswahl bzw. einer zufallsgesteuerten Auswahl

3.3.6

Frage:
Warum sollte ein RT von einer willkürlichen Auswahl der Stichproben eher Abstand nehmen bzw. welche Art der Stichprobenauswahl ist am aussagekräftigsten?

Antwort:
Lt. Korndörfer/Peez (1991) kann bei der „Auswahl aufs Geratewohl" kaum zuverlässig vom Ergebnis der Teilprüfung auf den Zustand des gesamten Prüfungsstoffes geschlossen werden. Im Mittelpunkt der deutschen Prüfungspraxis steht nach Aussagen aus der Praxis und von Korndörfer/Peez (1991) nach wie vor die bewusste Auswahl. Autoren in der Prüfungsliteratur vertreten die Meinung, dass die bewusste oder gezielte Auswahl es einem Revisor ermöglicht zu testen, ob und gegebenenfalls welche Fehler ein Prüffeld enthält. Dabei liegt die Entscheidung über die Auswahl der in die Stichprobe einzubeziehenden Elemente einer Grundgesamtheit in seinem Ermessen. Auf Grund seines Sachverstandes, d.h. seiner Fachkenntnisse und Berufserfahrung sowie nach Maßgabe eigenverantwortlicher und selbständiger Entscheidungen, wird die Stichprobe vorgenommen.

3.3.7

Frage:
Bereits bei der Revisionsvorbereitung sowie in den einleitenden Phasen eines Rabl wurden durch das RT Arbeitsunterlagen im Zusammenhang mit der Durchführung der Revision erstellt. Wie wichtig sind diese Arbeitsunterlagen gerade in der Phase der Ist-Zustandsanalyse?

Antwort:
Die Leitlinien für die IR des Bundeskanzleramtes-Verfassungsdienst (1983) zeigen auf, dass die Arbeitsunterlagen bzw. Arbeitspapiere aus Primärmaterial und Sekundärmaterial bestehen. Gerade in der Phase der Ist-Zustandsanalyse ist im Verlauf der Revisionsdurchführung folgendes **Primärmaterial** von Wichtigkeit:

- Aufzeichnungen über eigene Eindrücke des Revisors vom geprüften Bereich
- Protokolle der Interviews
- Ablaufpläne der untersuchten Geschäftsfälle
- vom Revisor auf Grund seiner Untersuchungen selbst verfasste Stellenbeschreibungen
- graphische Darstellungen der Aufbauorganisation (Funktionendiagramme, Organigramme)
- ausgefüllte Fragebogen
- Protokolle über Arbeitsstudien
- Protokolle über Leistungsmessungen
- Aufzeichnungen über den Prüfungsverlauf bzw. Prüfungsfortschritt (das Revisionstagebuch)
- der laufend aktualisierte Prüfungsplan

Ebenso wichtig für die Ist-Zustandsanalyse ist das **Sekundärmaterial**. Es handelt sich um Material, das der revidierte

Bereich zur Verfügung stellt sowie um Unterlagen von anderen OE, die mit dem revidierten Bereich eng zusammenarbeiten. Für das RT selbst dienen die Arbeitspapiere einerseits als Hilfsmittel zur Überwachung der Prüfungsdurchführung, aber auch als Qualitätskontrolle und –nachweis sowie als Grundlage für weitere Entscheidungen. Sie sind unerlässlich

- bei Rückfragen der geprüften Stelle
- für die Beantwortung zusätzlicher Fragen des Prüfungsauftragsgebers
- für die Betreuung durch den Prüfungsleiter
- für die Einleitung einer Nachprüfung (Follow-Up)
- für die Planung von Folgeprüfungen
- für die Dienst- und Fachaufsicht

Diesen Arbeitspapieren kommt eine ganz wesentliche Bedeutung zu, denn nur das, was in diesen Arbeitspapieren dokumentiert ist, kann bei der Schlussbesprechung mit der geprüften Stelle und im Prüfungsbericht wirksam vertreten werden. Die Qualität dieser Aufzeichnungen ist ein Indiz für die Sorgfalt, mit der die Prüfung durchgeführt wurde. Je größer das Prüfobjekt und je umfangreicher das Prüffeld ist, desto wichtiger werden die Arbeitspapiere als Beurteilungsgrundlage.

3.3.8.

Frage:
Gemäß von Wysocki (1977) kommen den Arbeitspapieren bei komplexen Prüfungen neben der Berichterstattung über das Prüfungsergebnis vielfältige Funktionen zu. Welche sind im Einzelnen zu nennen?

Antwort:
Eine der wichtigsten Funktionen ist die **Nachweisfunktion**. Aus den Arbeitspapieren sollte, wenn sie vollständig sind, hervorgehen

- welche Prüfungsobjekte mit welchen Methoden in welcher Intensität geprüft worden sind
- wann die Prüfungshandlungen durchgeführt wurden
- durch wen die Prüfungshandlungen durchgeführt worden sind
- welche Unterlagen für die Prüfung zur Verfügung gestanden haben
- zu welchem Ergebnis die Prüfungshandlungen geführt haben (Einzel- und Zwischenurteile)

3.3.9

Frage:
Warum ist die Nachweisfunktion der Arbeitspapiere eng verknüpft mit ihrer Kontrollfunktion?

Antwort:
Die Arbeitspapiere erfüllen insofern eine **Kontrollfunktion**, als sie verschiedenen Instanzen Auskunft geben über die ordnungsgemäße Durchführung einer Revision. Sie dienen

- dem Prüfungsleiter zur Kontrolle der Arbeitsausführung durch das RT
- dem Prüfungsorgan zur Kontrolle der Arbeitsausführung durch die jeweiligen Prüfteams. Die Prüfungsorgane bedienen sich hierzu regelmäßig der sogenannten materiellen Berichtskritik, für die die Arbeitspapiere wesentliche Grundlage der Überprüfung der Berichtsentwürfe sind

- Dritten zur Kontrolle der Arbeitsausführung durch das Prüfungsorgan. Arbeitspapiere sind Urkunden

3.3.10

Frage:
Auf welche Funktion der Arbeitspapiere kann noch hingewiesen werden?

Antwort:
Nicht zuletzt dienen die Arbeitspapiere der **Information** der an der Ausführung eines Prüfungsauftrages bzw. der an der Ausführung von Folgeprüfungen Beteiligten:

- in die Arbeitspapiere können Informationen aufgenommen werden, die andere Prüffelder oder andere Prüfungsobjekte desselben Prüfungsauftrages betreffen, so z. B. Kontrollmitteilungen, Hinweise auf abstimmungsbedürftige andere Prüffelder, Hinweise auf noch zu klärende offene Fragen
- die Arbeitspapiere bilden die Grundlage für die Berichtsabfassung, sie sind vor Fertigstellung des Berichts die einzige Grundlage für die Zwischenbesprechungen und/oder Schlussbesprechungen mit Organen des geprüften Bereiches
- sie beinhalten Informationen über die Einhaltung der zeitlichen und sachlichen Vorgaben des Prüfungsplanes
- in den Arbeitspapieren können Hinweise auf Folgeprüfungen festgehalten werden, wodurch sie als Grundlage für die (mehrjährige) Prüfungsplanung von Folgeprüfungen verwendet werden können

3.3.11

Frage:
Kicherer (1970) erwähnt in seinem Buch „Grundsätze ordnungsgemäßer Abschlussprüfung" einige Grundsätze, die für die Erstellung von Arbeitspapieren gelten. Um welche Grundsätze handelt es sich?

Antwort:
Es werden folgende Grundsätze angeführt:

- die Arbeitspapiere müssen alle für die Art und Weise der Durchführung der Prüfung und für das Zustandekommen des Prüfungsergebnisses relevanten Tatsachen enthalten, sodass ein sachkundiger Dritter durch die Arbeitspapiere in die Lage versetzt wird, sich selbst ein Urteil über die Vertretbarkeit des Gesamturteils des Prüfers und die darin eingeschlossenen Teilurteile bzw. über die Ordnungsmäßigkeit der Prüfungen zu bilden
- die Arbeitspapiere sollten nach einem bestimmten System angelegt und aufbewahrt werden
- die Arbeitspapiere sollten klar gekennzeichnet sein, die Eintragungen in die Arbeitsbögen gut lesbar, mit Quellenangaben versehen und datiert sein; tauchen zusammenhängende Fragen an verschiedenen Stellen auf, so sind entsprechende Hinweise nötig
- die verschiedenen Zeichen und Symbole sollten allgemein verständlich oder ausreichend definiert sein
- damit die Arbeitsbögen ihre Funktion als Beweismittel für eine ordnungsgemäß durchgeführte Prüfung erfüllen können, ist es unbedingt notwendig, dass sie genau datiert sind und sowohl von jener Person, die sie erstellt hat als auch vom verantwortlichen Prüfer unterzeichnet werden

3.3.12

Frage:

Im Prüfungsgespräch sind Revisor und Geprüfter in der Situation von Sender und Empfänger von Botschaften. Es kann vorkommen, dass der Revisor als Empfänger einer Nachricht die vom Sender, d. h. vom Geprüften gegebenen Auskünfte nicht in der gleichen Bedeutung aufnimmt, wie sie gemeint waren und er daher die erhaltene Botschaft nicht richtig interpretiert. Welche Problematik kann bei der Ist-Zustandsanalyse entstehen, wenn der Revisor glaubt gehört zu haben, was der Geprüfte gar nicht gesagt hat?

Antwort:

Missverständliche Botschaften erschweren die Analyse, der Abgleich der jeweiligen Aussagen der Geprüften mit den unterschiedlichen Auffassungen der Revisoren erfordert zusätzliche Zeit, die Klärung der tatsächlichen Sachverhalte verzögert den Prüfungsablauf unnötig. Schulz von Thun (1981) weist in seinem Buch „Miteinander reden – Störungen und Klärungen" auf das Thema „Verständlichkeit" hin. Er führt aus, dass es nicht immer klar ist, ob die Botschaft richtig verstanden wurde, d. h. ob bei einer Aussage die Allgemeinverständlichkeit „in der Natur der Sache" begründet liegt, ob eventuell eine unterentwickelte Kommunikationsfähigkeit des Senders einer Nachricht zu einem Missverständnis geführt hat oder ob beispielsweise Imponiergehabe einer fachlich hochqualifizierten Person eine Rolle spielt, um durch ihre absichtlich gewählte Ausdrucksweise bei einem unkundigen Empfänger der Botschaft Ehrfurcht zu erzeugen. An dieser Stelle sei auch der Spruch vom österreichischen Nobelpreisträger Konrad Lorenz erwähnt „Gedacht heißt nicht immer gesagt, gesagt heißt nicht immer richtig gehört, gehört heißt nicht immer richtig verstanden, verstanden heißt nicht immer einverstanden, einverstanden heißt nicht immer angewendet, angewendet heißt noch lange nicht beibehalten".

Schulz von Thun (1981) spricht von vier Verständlichmachern, die bei geschriebenen Texten, aber auch bei Fernsehdiskussionen zu beachten sind.

Diese Verständlichmacher sollten in gleicher Weise auch beim Thema „Revisionspsychologie" in allen Phasen des Zusammentreffens von Revisoren und Geprüften während des Rabl, aber auch außerhalb einer Prüfungshandlung wie z. B. bei Beratungsgesprächen angewendet werden.

3.3.13

Frage:
In Bezug auf die Verständlichkeit einer Botschaft spricht Schulz von Thun (1981) von insgesamt vier Verständlichmachern, d. h. vier Kriterien, die zu berücksichtigen wären. Welcher ist der erste Verständlichmacher und was sollten dementsprechend sowohl Geprüfte als auch Revisoren besonders in der Phase der Ist-Zustandsanalyse beachten, um die Verständlichkeit für alle Beteiligten zu gewährleisten?

Antwort:
Der erste Verständlichmacher ist die **Einfachheit** im Gegensatz zur Kompliziertheit.

Ein Beispiel soll dies verdeutlichen, wobei hier der Geprüfte der Fachmann eines bestimmten Aufgabengebietes ist. Ein „einfacher" Fachmann wird seine Aussagen allgemein verständlich halten, Fachwörter wird er erklären, den Sachverhalt schildert er anschaulich in kurzen Sätzen, sodass jeder sich konkrete Vorstellung von seiner Schilderung machen kann. Er wird es vermeiden, wie ein Gelehrter zu reden. Ein komplizierter Fachmann dagegen neigt dazu, durch verschachtelte Satzkonstruktionen mit Fremd- und Fachwörtern auf hohem Abstraktionsniveau dem Revisor seine (vermeintliche) Überlegenheit zu demonstrieren. Das Anstreben von Einfachheit gilt auch für einen Revisor. Seine Fragen bei der Ist-Zustandsanalyse sollten einfach und für den Geprüften verständlich sein, komplizierte Konstruktionen schüchtern den Befragten ein und führen eventuell zu Widerstand, sie sollten daher unbedingt vermieden werden.

3.3.14

Frage:
Wie bezeichnet Schulz von Thun den zweiten Verständlichmacher?

Antwort:
Schulz von Thun bezeichnet den zweiten Verständlichmacher **Gliederung, Ordnung** und seinen Gegenspieler Unübersichtlichkeit.

Wenn man Gliederung und Ordnung hört, dann denkt man sofort an das Verfassen von Texten. Das ist ganz richtig, denn dieses Kriterium gilt auch bei einer Revision, d. h. dieser Verständlichmacher ist hier bereits für die schriftliche Prüfungsankündigung wichtig, wo es auf den inhaltlichen Aufbau und die Form des Textes ankommt. Das betrifft Überschriften, Absätze, strukturierende Bemerkungen und die Hervorhebung wichtiger Stellen. Auch hier ist auf Ordnung zu achten, beispielsweise in Form einer logischen Gliederung. Dazu gehört, dass alle wichtigen Punkte der Reihe nach angeführt sind, alles logisch aufeinander aufbaut ist und dass auf gedankliche Beziehungen und Querverbindungen deutlich hingewiesen wird. Besonders wichtig ist dieser zweite Verständlichmacher aber auch für die Feststellung des Ist-Zustandes für ein RT, wenn spezielle Checklisten und Fragebögen für die Interviewmethode ausgearbeitet werden müssen. Hierbei kann eine Unübersichtlichkeit schnell dazu führen, dass der Befragte nicht erkennen kann, was der Revisor wissen möchte.

3.3.15

Frage:
Um welchen Verständlichmacher handelt es sich beim Dritten?

Antwort:
Schulz von Thun nennt den dritten Verständlichmacher **Kürze, Prägnanz** und sein Gegenüber Weitschweifigkeit.

Dieser Verständlichmacher ist in einem Prüfungsprozess für beide Seiten von außerordentlicher Wichtigkeit. Ist der Geprüfte ein Fachmann auf seinem Gebiet, so besteht die Gefahr, dass die Befragung zu einem Kräftemessen mit dem Revisor gerät, denn Fachleute als Geprüfte neigen dazu, mit ihrem Wissen brillieren zu wollen. Es „gelingt" ihnen nicht, sich auf das Allerwichtigste zu beschränken. Sie holen weit aus und erklären technische und ablauforganisatorische Prozesse überaus ausführlich und manchmal auch umständlich. Es zeigt sich sowohl eine sprachliche als auch eine inhaltliche Weitschweifigkeit. Ein und dasselbe Faktum wird mit verschiedenen Worten wiederholt und „breitgetreten", inhaltlich zeigt sich die Weitschweifigkeit im „auf Nebensächliches kommen" und im „weit ausholen". Der Revisor seinerseits sollte bei einem Interview zur Ist-Situation seine Fragen auf das Wesentliche beschränken und sie kurz und prägnant formulieren, damit der Geprüfte ihm mühelos folgen und seine volle Aufmerksamkeit auf die Beantwortung der Fragen richten kann.

3.3.16

Frage:
Wie lautet der vierte und letzte Verständlichmacher von Schulz von Thun?

Antwort:
Schulz von Thun bezeichnet den vierten Verständlichmacher **Zusätzliche Stimulanz** im Gegensatz zu „keine zusätzliche Stimulanz".

Diese zusätzliche Stimulanz – durch Einbeziehung persönlicher Aspekte – in den Anfangsphasen eines Rabls erleichtert die Verständigung zwischen Prüfer und Geprüften und verbessert die Kommunikation und das gegenseitige Verständnis.

Gerade in den Phasen Einführungsgespräch und Ist-Zustandsanalyse kann ein Revisor bei der Kontaktaufnahme mit einem Geprüften von sich selbst sprechen und die Sachinformationen für den Geprüften mit dessen Person in Verbindung bringen, um auf diese Weise ein lockeres Revisionsklima zu schaffen. Es könnte das Gespräch durch den Revisor so angelegt sein, dass zunächst darauf verwiesen wird, dass Revisoren und Geprüfte der gleichen Org angehören, wodurch sie ein gemeinsames Ziel vor Augen haben und sich nicht als Feinde betrachten sollten. Durch geschickte Gesprächsführung kann der Revisor eine Verbindung zwischen sich selbst und den Geprüften herstellen, indem er von persönlich

Erlebtem berichtet, um so die Barrieren abzubauen und die Geprüften zu größerer Kooperationsbereitschaft zu bewegen. Gleichzeitig kann er den Geprüften zu verstehen geben, dass er sich dessen bewusst ist, dass auch die private Familiensituation der anwesenden Beteiligten Einfluss auf das organisatorische Verhalten hat. Ideal wäre es in dieser Situation, wenn der Revisor dem Sachstandpunkt des Geprüften mit Respekt begegnet, indem er akzeptiert, dass grundsätzlich jeder Mensch eine bestimmte Sache von seinem Standpunkt aus betrachtet, je nach seiner Lebensgeschichte und seinen Lebensumständen. Gerade diese persönlichen Aspekte liefern hier eine zusätzliche Stimulanz, die eine gute Basis für die weitere Zusammenarbeit entstehen lassen.

3.3.17

Frage:
Sind in der Phase der Ist-Zustandsanalyse Techniken bekannt, die helfen, Kommunikationsstörungen zwischen Revisoren und Geprüften zu vermeiden?

Antwort:
Lt. Schulz von Thun (1981) ist eine bekannte und wirkungsvolle Technik das Feedback, mit der Kommunikationsstörungen besprochen und abgebaut sowie Fehlwahrnehmungen aufgeklärt werden können. Speziell in der Phase der Ist-Zustandsanalyse ist ein Feedback seitens der Geprüften an das RT („Mit Ihrer klaren Analyse haben Sie uns geholfen, das Problem deutlicher zu sehen") als auch ein Feedback der Revisoren an die Geprüften („ Ich dachte immer, eine Zusammenarbeit mit den Geprüften wäre sehr schwierig, aber nun sehe ich, dass wir doch viel Verständnis für einander haben") äußerst wertvoll, es klärt die Beziehung

zwischen Personen und hilft, den anderen besser zu verstehen. Wenn Revisoren und Geprüfte bereit sind, einander solche Hilfen zu geben, dann wachsen die Möglichkeiten des Voneinander-Lernens. Nur auf diesem Wege können wir unsere Selbstwahrnehmung mit der Fremdwahrnehmung systematisch vergleichen.

3.3.18

Frage:
Aufgrund der Beantwortung zu Frage 3.3.17 steht fest, dass das Feedback positive Auswirkungen hat. Wie sieht ein gutes Feedback aus?

Antwort:
Nach Schulz von Thun (1981) gibt es einige Regeln für ein gutes Feedback. Die wichtigste Regel für den Revisor ist, nicht bewertend zu reagieren sondern die eigene Reaktion zu beschreiben, wodurch man den Geprüften die Freiheit lässt, eine Information anzunehmen oder nicht. Es ist für beide Seiten hilfreicher, sich auf eine konkrete Situation, auf ein bestimmtes Verhalten zu beziehen als mit allgemeinen Aussagen wie „Du wirkst auf mich dominierend" das Gegenüber in destruktiver Weise „zurechtzuweisen". Im Vordergrund sollten nicht die Bedürfnisse der Revisoren oder Geprüften stehen, sondern das Hauptaugenmerk sollte den Bedürfnissen dessen gelten, der Feedback bekommt. Das Feedback sollte erbeten, nicht erzwungen sein, d.h. das Feedback ist dann am wirksamsten, wenn der Empfänger selbst die Frage gestellt hat, auf die der Sender ihm dann antwortet. Der Revisor sollte darauf achten, dass sein Feedback zeitnah erfolgt, d.h. dass es sich unmittelbar auf das gezeigte Verhalten des Geprüften bezieht – so wird es am wirksamsten

sein – und dass es Verhaltensweisen betrifft, die der Empfänger selbst zu ändern fähig ist, andernfalls fühlt er sich durch die Forderungen des Revisors umso mehr frustriert. Und das Feedback sollte verständlich sein, d. h. wer Feedback gibt, sollte nachprüfen, ob der Empfänger verstanden hat, wie es gemeint war.

3.4 Die Schlussbesprechung

3.4.1

Frage:
Am Ende einer durchgeführten Revision ist eine Schlussbesprechung mit den Geprüften vorgesehen. Es handelt sich um jene Phase einer Revision, bei der es den Revisoren gelingen sollte, mit der geprüften Stelle einen Konsens über das Revisionsergebnis zu erreichen. Was ist grundsätzlich durch den Revisionsleiter als Sprecher des Prüfteams zu beachten?

Antwort:
Da Prüfungsergebnisse bei den Geprüften bereits vor der Schlussbesprechung das unangenehme Gefühl hervorrufen, auch negative kritische Feststellungen des RT entgegennehmen zu müssen, hat es Ziel der Revisoren zu sein, durch eigenes Verhalten bei den Geprüften Ängste und Unsicherheiten abzubauen. Es gelten hier die gleichen Regeln wie beim Einführungsgespräch: auch in dieser Phase ist es äußerst wichtig, eine Basis des Vertrauens zu schaffen. Auf einer vertrauensvollen Grundlage sollte es gelingen, eine Akzeptanz der Prüfungsergebnisse zu erzielen, indem die

Schlussbesprechung als ein Gespräch der Überzeugung stattfindet und keinesfalls als kritische Abrechnung.

3.4.2

Frage:
Vor der Abfassung eines Rohberichtes durch das RT über die Prüfungsergebnisse bietet die Schlussbesprechung die Möglichkeit, die wesentlichen Punkte zu besprechen und die geprüfte Stelle über die Erkenntnisse des RT zu informieren. Welche Personen sollten bei der Schlussbesprechung anwesend sein?

Antwort:
Peemöller (1978) meint, dass im Wesentlichen der Leiter der RA und sein Prüfteam sowie der Leiter der revidierten Abteilung anwesend sein sollten, wobei jedoch im Bedarfsfall weitere Mitarbeiter der geprüften Stelle hinzugezogen werden können. In der Literatur wird eine umfassendere Meinung vertreten, d. h., dass von Seiten des RT sowohl der verantwortliche Revisor (Revisionsleiter) gemeinsam mit allen beteiligten Revisoren und von Seiten der geprüften Stelle der Leiter sowie auch alle seine Mitarbeiter bei der Schlussbesprechung anwesend sein sollen.

3.4.3

Frage:
Welche weiteren Vorteile bringt die Durchführung der Schlussbesprechung?

Antwort:
Peemöller (1978) weist auf folgende Vorteile hin:

- die Diskussion der Prüfungsergebnisse kann zu einer Relativierung der darin enthaltenen Aussagen beitragen
- die geprüften Personen können ihren Standpunkt verdeutlichen
- die Diskussion kann bereits zu Verbesserungsvorschlägen führen
- die geprüften Personen erhalten Ansatzpunkte für eine Verbesserung ihrer Tätigkeit

In diesem Zusammenhang gibt es unterschiedliche Auffassungen, auf welcher Basis die Schlussbesprechung durchgeführt werden sollte. Experten sind sich nicht einig, ob es nicht sinnvoller wäre, noch *vor* der Schlussbesprechung einen Rohberichtsentwurf an die geprüfte Stelle zu senden, um eine gemeinsame Basis für die Gespräche zu haben oder ob eine Punktation als Anhaltspunkt für die Besprechung ausreichend ist. Von einer Seite wird die Meinung vertreten, dass die geprüften Stellen mit Erhalt des Rohberichtsentwurfes einen Gesamteindruck über die schriftliche Darstellung der Prüfungsergebnisse gewinnen sollen, weil sie dann im Zuge der Schlussbesprechung auch textliche Änderungswünsche vorbringen oder Korrekturen unmittelbar vornehmen können. Andere Experten meinen, dass für die Schlussbesprechung nur ein Katalog von Besprechungspunkten an die Geprüften geschickt werden sollte und der Berichtsentwurf inklusiver Berichtskritik erst nach der Schlussbesprechung zu erstellen sei.

3.4.4

Frage:
Welche konkreten Vorteile hätte es, wenn der Rohberichtsentwurf durch das RT noch vor der Schlussbesprechung der geprüften Stelle übermittelt wird?

Antwort:
Im Gegensatz zum regulären Rabl, zuerst die Schlussbesprechung durchzuführen und danach den Rohberichtsentwurf zu erstellen hat die umgekehrte Vorgangsweise, nämlich den Rohberichtsentwurf mit den gesammelten Prüfungsergebnissen schon *vor* der Schlussbesprechung an die geprüfte Stelle zu übermitteln für beide Seiten mehrere Vorteile. Für das RT ergibt sich dabei die Gelegenheit und Chance, die vorgeschlagenen Maßnahmen genauer zu erörtern und die Geprüften von den Empfehlungen psychologisch zu überzeugen. Wenn die geprüfte Stelle bereits im Vorfeld den Inhalt des Berichtes ebenfalls kennt, so besteht für beide Seiten die Möglichkeit, Unklarheiten zu bereinigen sowie Irrtümer zu beseitigen. Durch die Kenntnis der einzelnen Punkte bzw. möglicher Schwachstellen haben die Geprüften bereits in diesem Stadium die Gelegenheit, bei Auffassungsunterschieden gegensätzliche Meinungen, die nicht bereinigt werden konnten zu formulieren und zu dokumentieren.

Nach Erhalt des Rohberichtes hat die geprüfte Stelle die Möglichkeit einer Stellungnahme, wobei allfällige zum Rohbericht abweichende Meinungen in ihrer Stellungnahme ausführlich und schlüssig zu begründen sind.

3.4.5

Frage:
Warum ist die Schlussbesprechung sowohl für die IR als auch für den Entscheidungsträger einer Org von Bedeutung?

Antwort:
Vom Verlauf dieser Besprechung hängt es ab, ob die Prüfung mit der abschließenden Endberichtsverteilung abgeschlossen ist und die IR und der Entscheidungsträger einer Org damit rechnen können, dass die Empfehlungen zur Beseitigung von Mängeln und Schließung von Lücken umgesetzt werden. Vor diesem Hintergrund ist die Schlussbesprechung auch eine Art Prüfung für das RT, ob seine Empfehlungen angenommen werden oder nicht. Denn Empfehlungen, die für den geprüften Bereich keine erkennbaren Verbesserungen bringen, können dem Ruf einer IR in einer Org schwerwiegenden Schaden zufügen, wodurch das Vertrauen für eventuelle zukünftige Revisionen zerstört wird.

3.4.6

Frage:
Wie sollte der Leiter eines RT vorgehen, wenn er während der Schlussbesprechung feststellen muss, dass bei den Geprüften ein gewisser Widerwille gegen die Umsetzung der vorgeschlagenen Empfehlungen herrscht?

Antwort:
Objektiv gesehen, liegt hier ein Konflikt vor. Konflikte entstehen durch entgegengesetzte Interessen oder Motive. Die Empfehlung des RT, einen anderen Weg als bisher einzuschlagen, erzeugt bei den Geprüften ein Unbehagen, da dies

einen Eingriff in festgefahrene Organisationsabläufe bzw. Prozesse bedeutet. Der Konflikt besteht nun darin, dass die erhaltene Empfehlung als negativ empfunden wird, weil sie einen geregelten Ablauf stört während jedoch ihre Umsetzung erwartet wird. Der Widerwille gegen Änderungen erzeugt im Allgemeinen eine ablehnende Haltung, die bei der Schlussbesprechung eine Herausforderung an das psychologische Geschick der Prüfer darstellt. Wenn schon während der Prüfungshandlungen zwischen Prüfer und Geprüften Differenzen über die Lösungsmöglichkeiten einer Problematik entstanden sind, so stellt sich die Frage nach der wahren Ursache für die Konflikte. Da das RT die Situation und die Einwände der Geprüften aufgrund seiner Analysen kennt, sollte der Leiter des RT die Differenzen offen ansprechen.

Liegert (1973) unterscheidet zwischen persönlichen und/oder sachlichen Differenzen. Soweit es sich um persönliche Differenzen handelt, ist es für den Leiter des RT bei der Schlussbesprechung notwendig, möglichst schnell die Ursachen zu finden und rasch für Ruhe zu sorgen. Personenbezogene Konflikte müssen so gelöst werden, dass es keinen Sieger und Besiegten gibt. Konflikte, die auf sachlichen Differenzen beruhen und die auf sachliche Weise gelöst werden können, sind für die Org aber auch für die Beteiligten durchaus positiv zu beurteilen. Das Entstehen von sachlichen Konflikten deutet u. a. darauf hin, dass die Geprüften ihre Situation und ihre Tätigkeit nicht als etwas unumstößlich Gegebenes hinnehmen, sondern dass sie mitdenken und – soweit sie nicht Opposition um ihrer selbst willen betreiben – bemüht sind, die Entwicklung zum Besten der Org voranzutreiben. Zur Lösung von Konflikten bzgl. der gefundenen Sachverhalte und der Änderungsvorschläge sollte der Leiter des RT in der Schlussbesprechung die Vorteile der

vorgeschlagenen Maßnahmen besonders hervorheben, um
so die bestehenden Bedenken auszuräumen.

3.4.7

Frage:
*Es wurde das Vorkommen von persönlichen Differenzen und
personenbezogenen Konflikten angesprochen. Was könnte dazu
geführt haben, dass während der Prüfungshandlungen zwischen
den Revisoren und den Geprüften ein personenbezogener Konflikt
entstanden ist, der sich bei der Schlussbesprechung zeigt?*

Antwort:
Obwohl es bei einem Rabl in jeder Phase zu personenbezogenen
Konflikten kommen kann, soll hier die Phase der Ist-Zustandsanalyse als Beispiel herangezogen werden, bei der das
RT nach Festlegung eines bestimmten Beobachtungszeitraumes die Geschäftsfälle analysiert. Liegert (1973) führt aus,
dass bereits beim ersten Aufeinandertreffen der beiden Gesprächsparteien das Auftreten der einzelnen Mitarbeiter des
RT das weitere Arbeitsklima bestimmt. Wenn der Revisionsleiter die Mitarbeiter des zu prüfenden Bereichs zwar freundlich begrüßt, die Mitglieder des RT jedoch „stumm" bleiben
und ihrerseits auf den Gruß der Geprüften warten, so wird
dies zu ersten Verstimmungen führen. Auf diese Weise wird
eine fruchtbare Zusammenarbeit unmöglich gemacht, weil
ganz einfach die Achtung fehlt. Ebenso negativ wirkt sich
folgendes Verhalten aus: Während der Analyse von Schwachstellen werden vorteilhafte Ideen für die zukünftige Ablauforganisation seitens der Geprüften geäußert, diese werden
jedoch von einem Revisor abgelehnt, da sie nicht von ihm selbst
stammen. In solchen Situationen stehen sich sozusagen „Feinde"
gegenüber, da es auch hier an gegenseitiger Achtung fehlt.

3.4.8

Frage:
Es wurden auch die sachlichen Differenzen erwähnt. Wie sollte sich das RT bei der Schlussbesprechung verhalten, wenn bei der Ist-Zustandsanalyse sachliche Differenzen erhoben worden sind?

Antwort:
Sachliche Differenzen können zwischen Mitarbeitern des geprüften Bereiches vorhanden sein, wenn z. B. nicht geregelt ist, welche Kompetenzen jeder Mitarbeiter dieser OE hat oder der Vorgesetzte es verabsäumt hat, klare und eindeutige Regeln über den jeweiligen Aufgabenbereich bekannt zu geben. Besonders bei größeren Org kann es vorkommen, dass sich Kompetenzen überschneiden, da zwei oder mehrere Abteilungen in einen Arbeitsvorgang eingebunden sind und keine klaren Zuständigkeiten vereinbart wurden. In diesem Fall ist das RT besonders gefordert, bei der Schlussbesprechung ausgehend von den sachlichen Differenzen keinen personenbezogenen Konflikt entstehen zu lassen und psychologisches Einfühlungsvermögen und Verständnis für die Anforderungen und Probleme, welche der Arbeitsablauf täglich an diese OE stellt, zu zeigen.

3.4.9

Frage:
Es kommt also sehr darauf an, dass der Revisionsleiter und seine Revisionsteammitglieder bei der Schlussbesprechung taktvoll mit den Geprüften umgehen. Welche Rolle spielt generell der Takt im Verhalten der Revisoren gegenüber den Geprüften?

Antwort:
Der gute Takt spielt eine große Rolle zwischen Revisoren und Geprüften. Taktvolles Verhalten der Revisoren erleichtert die Prüfungshandlungen für das RT enorm, denn es zeigt ihre Achtung gegenüber den Geprüften und schafft gleichzeitig das für eine erfolgreiche Ermittlung notwendige Vertrauen. Wie schon erwähnt wurde, ist das Verhalten der Revisoren bereits in der Anfangsphase einer Revision sehr wichtig, wenn es darum geht, die Geprüften darin zu bestärken, von sich aus vermutete Mängel aufzuzeigen oder sogar eigene Lösungsvorschläge zu äußern. Bereits hier sollten die Revisoren kritische Äußerungen taktvoll unterlassen, um von Anfang an bis zur Schlussbesprechung das Gesprächsklima nicht zu beeinträchtigen, denn unnötige Taktlosigkeiten können den reibungslosen Fortgang des weiteren Rabl behindern. Wie für jede berufliche Zusammenarbeit gilt auch hier: Höflichkeit unterstreicht die gegenseitige Wertschätzung und der Takt vermeidet gegenseitige Verletzungen – beide sind dazu da, die Zusammenarbeit zu erleichtern.

3.4.10

Frage:
Nach all den Aussagen über Differenzen, Taktlosigkeit und mangelhaftes Kommunikationsverhalten kommt noch ein wesentlicher Punkt hinzu. Was soll ein Revisionsleiter tun, wenn er weiß, dass es in seinem Team Revisoren mit Hang zur Besserwisserei gibt, wodurch das Revisionsklima beeinträchtigt wird, was sich letztlich auch bei der Schlussbesprechung negativ auswirken kann?

Antwort:
Aus psychologischer Sicht lässt sich im Hinblick auf die Kooperationsbereitschaft des Geprüften sagen, dass er das Gefühl haben sollte, bei der Ausführung seiner täglichen Arbeit sowohl einen gewissen Spielraum als auch die Verantwortung für seine Tätigkeit zu haben. Die Besserwisserei eines Revisors wird vom Geprüften als Einengung seines Freiraumes empfunden. Bei einer von außen geleiteten Bestimmung erlischt die Identifikation mit der Arbeit oder mit dem Ziel. Es entsteht sogar Widerstand. Deshalb muss vor allem der Leiter der RA sehr sensibel bezüglich der Eigenschaften seiner Mitarbeiter sein, um Besserwisser zu erkennen und auf sie einzuwirken, damit es nicht zu konfliktbeladenen Situationen und Verzögerungen bei der Revisionsdurchführung kommt. Er hat dafür zu sorgen, dass Spannungen zwischen den Revisoren und den Geprüften nicht in kräfte- und zeitraubende „Kämpfe" ausarten, sondern dass eine optimale Kooperation erreicht werden kann, indem besserwisserisches Gehabe von vornherein möglichst unterbunden wird.

3.4.11

Frage:
Wie soll sich ein RT, insbesondere der Prüfungsleiter verhalten, wenn der Leiter der geprüften Stelle keinen Termin für eine Schlussbesprechung finden kann (oder will)?

Antwort:
Nach Grupp (1986) muss die Initiative für eine Schlussbesprechung von der RA ausgehen. Der Prüfungsleiter hat auf einen baldigen und klaren Revisionsabschluss zu drängen und sollte nicht zulassen, dass eine geprüfte Stelle

die Schlussbesprechung terminlich zu sehr in die Zukunft verschiebt oder sich die betroffenen Führungskräfte um die Teilnahme an der Schlussbesprechung „drücken" wollen.

Das RT hat darauf zu achten, dass eine Schlussbesprechung in einer freundlichen und positiven Atmosphäre erfolgt und nicht wie eine „Gerichtsverhandlung" inszeniert wird. Bei der Schlussbesprechung muss durch den Prüfungsleiter darauf hingewiesen werden, dass in einigen Monaten eine Nachprüfung (Follow-Up) erfolgen wird zwecks Überprüfung, ob die vom RT empfohlenen Maßnahmen zur Mängelbeseitigung umgesetzt wurden und ob sie auch tatsächlich die erwünschten Verbesserungen bewirkt haben. Um alle Empfehlungen einer durchgeführten Revision zu erfassen bzw. in Evidenz zu halten, sollte die IR eine „Offene-Posten-Liste" anlegen und einen möglichen Termin für eine Nachprüfung festlegen.

Grupp macht überdies auf etwas Wichtiges für das Prüfungsteam aufmerksam: **Sind mehrere Prüfer an der Revision beteiligt gewesen, dürfen in der Schlussbesprechung auf keinen Fall Meinungsverschiedenheiten zwischen den Prüfern zutage treten!**

3.5 Die Nachprüfung (Follow Up)

3.5.1

Frage:
Der RA erwächst aus ihren Revisionsaufgaben kein Weisungsrecht. Wie kann sichergestellt werden, dass die im Rahmen einer durchgeführten Revision ausgesprochenen Empfehlungen durch die geprüfte Stelle tatsächlich und termingerecht umgesetzt worden sind?

Antwort:
Als Auftraggeber einer Revision muss der Entscheidungsträger einer Org den erforderlichen Druck auf die geprüfte Stelle zur Umsetzung der angeführten Empfehlungen des RT ausüben, denn nur auf diese Weise wird die IR die nötige Achtung erhalten, die sowohl in einer Org als auch von ihm als Entscheidungsträger gewünscht wird. Die Überprüfung der termingerechten Umsetzung der empfohlenen Maßnahmen erfolgt seitens der IR gemäß den Bestimmungen der bestehenden RO im Rahmen einer Nachprüfung. Zur Unterstützung der IR, insbesondere der einzelnen RT, scheint in der RO der Passus auf, **dass die RA bei Besorgung ihrer Aufgaben von allen Bediensteten der Org vorbehaltlos zu unterstützen ist.** Werden die Revisoren bei der ordnungsgemäßen Durchführung ihrer Aufgaben behindert, so sind sowohl der Vorgesetzte der geprüften Abteilung als auch der Entscheidungsträger der Org zu unterrichten. Mit der Einbindung der nächst höheren Vorgesetzten wird sichergestellt, dass einerseits der Nachprüfung das notwendige Gewicht beigemessen wird und andererseits die Wirksamkeit der eingeleiteten Maßnahmen der Geprüften festgestellt und dokumentiert wird.

3.5.2

Frage:
Warum ist das Anlegen einer Offenen-Posten-Liste (in der Privatwirtschaft wird oft ein Maßnahmenkatalog verwendet) so wichtig für das RT?

Antwort:
Alle durch das RT in ihrem Endbericht angeführten Empfehlungen sind in einer Offene-Posten-Liste zu erfassen, ebenso die Fristen zur Umsetzung der Empfehlungen sowie die dafür verantwortlichen Personen. Lt. Siegwart/Menzl (1978) hat eine korrekt geführte Offene-Posten-Liste den Vorteil, dass das RT „auf einen Blick" entnehmen kann, ob die Empfehlungen aufgrund festgestellter hoher Risiken in den Endbericht aufgenommen wurden oder ob sich die Prüfungsfeststellungen auf eher harmlose Mängel bezogen haben. Im Falle harmloser Mängel kann das RT entscheiden, ob eine Nachprüfung durchgeführt werden muss. Wenn die festgestellten Risiken jedoch als hoch eingestuft wurden, dann hat unbedingt eine Nachprüfung zu erfolgen.

Bei festgestellten harmlosen Mängeln genügt es, wenn das RT nur eine schriftliche Befragung durchführt und sich durch den Leiter der geprüften Stelle informiert, ob alle aufgezeigten harmlosen Mängel bereinigt werden konnten. Es liegt am RT festzustellen, ob sich der Aufwand einer Nachprüfung bei harmlosen Mängeln rechnet, wenn das Ergebnis einer Kosten-Nutzen-Kalkulation zeigt, dass der Aufwand höher ist als der erwartete Nutzen. Bei beiden Varianten ist – wie bei einer Revisionsdurchführung – ein Bericht zu erstellen, der aufzeigt, ob und welche Empfehlungen bereits umgesetzt wurden und welche nicht.

3.5.3

Frage:
Wenn die geprüfte Stelle die Umsetzung der empfohlenen Maßnahmen verweigert und dadurch für die Org unerwartete Kosten entstehen, dann muss unbedingt eine Nachprüfung durch das RT durchgeführt werden. Wie sollen sich die Revisoren in dieser Situation verhalten?

Antwort:
Aufgrund der bestehenden RO wurde der IR die Befugnis eingeräumt, dass sie sich nach angemessener Zeit durch eine Nachprüfung überzeugen kann, ob jene Maßnahmen, die sie als Ergebnis einer Revision in ihren Anregungen und Empfehlungen zur Mängelbeseitigung vorgeschlagen hat, auch tatsächlich umgesetzt wurden bzw. ob sie die erwünschten Verbesserungen bewirkt haben.

Zunächst bedarf es einer sehr sorgfältigen Überprüfung der genauen Umstände, warum die Maßnahmen nicht umgesetzt wurden, bevor eine Dokumentation für den Nachprüfungsbericht erstellt wird. Es kann viele Gründe geben, dass Empfehlungen des RT nicht umgesetzt werden konnten. Es können in der Zwischenzeit neue Gesetze erlassen worden sein, die den Empfehlungen widersprechen oder ein inzwischen in Auftrag gegebenes Gutachten des Leiters der geprüften Stelle sieht z. B. andere aufbau- und ablauforganisatorische Vorgaben vor. Um die wahren Gründe festzustellen und ein Urteil fällen zu können, sollten die Revisoren auch bei einer Nachprüfung – wie bei den vorangegangenen Phasen eines Revisionsablaufes – auf die Gesprächsregeln achten, richtig argumentieren, die richtigen Fragen stellen und aktiv zuhören. Erst dann ist der Nachprüfungsbericht an den Entscheidungsträger der Org zu übermitteln. Auch hier muss der

Entscheidungsträger der Org noch vor den Nachprüfungshandlungen der IR den erforderlichen Druck auf den Leiter der geprüften Stelle ausüben, damit auch sein Image als Auftraggeber dieser Revision nicht beschädigt wird.

3.5.4

Frage:
Wie sollte das RT vorgehen, wenn es durch den Leiter der geprüften Stelle informiert wird, dass die Umsetzung der Verbesserungsmaßnahmen abteilungsintern Schwierigkeiten bereitet, er jedoch alles tun möchte, um den Vorschlägen des RT Folge zu leisten?

Antwort:
Den Aussagen des Leiters der geprüften Stelle, dass es innerhalb seiner Abteilung Schwierigkeiten bei der Umsetzung der empfohlenen Maßnahmen gibt gilt es seitens des RT insofern auf den Grund zu gehen, als von den ermittelten Ursachen die weiteren Schritte zur Lösung des „Problems" abhängen. Grundsätzlich vertreten Siegwart/Menzl (1978) die Meinung, dass das RT sich nicht einfach auf Hinweise des geprüften Bereiches verlassen kann, ob die im Endbericht aufscheinenden Empfehlungen noch nicht oder teilweise umgesetzt worden sind oder in welchem Stadium der Umsetzung sie sich befinden. Zur Klärung des Status quo muss in diesem Fall Einsicht in die Offene-Posten-Liste genommen werden, um anhand der Fristsetzungen den aktuellen Stand der Umsetzung – unabhängig von den Aussagen des Leiters der geprüften Stelle – beurteilen zu können und um darüber hinaus festzustellen, ob die im Endbericht aufgezeigten Mängel mit hohen Risiken behaftet sind oder ob es sich um harmlose Mängel handelt. Bei Mängeln mit hohen Risiken (und daher mit möglichen hohen Folgekosten)

muss unbedingt eine Nachprüfung durchgeführt werden, um rechtzeitig einen Schaden für die Org abzuwenden. Es ist die Aufgabe des RT, mit Hilfe seines Informationsrechts den Auftraggeber der Revision aufzuklären, welche Wirkung in Richtung Effizienz und Effektivität in der geprüften Stelle bereits erzielt worden ist. Sollte das RT während der Nachprüfung selbst feststellen, dass es in der geprüften Stelle Schwierigkeiten bei der Umsetzung der Verbesserungsmaßnahmen in bestimmten Prüffeldern gibt und dass für die Beseitigung der gravierenden Mängel seine Hilfe benötigt wird, kann das RT unter Wahrung seiner Prozessunabhängigkeit dem Leiter der geprüften Stelle bei der Umsetzung der Empfehlungen und Maßnahmen zur Zielerreichung beratend zur Seite stehen.

3.5.5

Frage:
Sollte der Leiter des RT in der Phase der Nachprüfung tatsächlich bereit sein, unter Wahrung seiner Prozessunabhängigkeit dem Leiter der geprüften Stelle bei der Umsetzung der Empfehlungen mit seinem RT beratend zur Seite zu stehen, welche Voraussetzungen sind für das RT unerlässlich?

Antwort:
Das RT sollte erstens durch persönliche Gespräche feststellen, welche Auswirkungen die Empfehlungen auf das gegenwärtige Verhalten aller geprüften Personen hatten, und zweitens sollte ermittelt werden, ob es allfällige Störfaktoren gibt, welche das geprüfte Personal vom angestrebten Ziel der Maßnahmenumsetzung ablenken. Hier muss das RT über ein exzellentes Fachwissen verfügen, um auf das Verhalten der Geprüften und den Ablauf von Prozessen zur

Abwehr von Störfaktoren lenkend einwirken zu können. Die erzielten Ergebnisse werden nur dann nützlich sein, wenn die gewonnenen Erkenntnisse und Erfahrungen in zukünftigen Prozessen zur Anwendung gelangen. Auch hier gilt wieder das Gleiche wie bei jeder anderen Phase des Rabl: das RT sollte sich in die Situation der Geprüften einfühlen und Verständnis für deren Schwierigkeiten bei der Umsetzung der Empfehlungen zeigen. Alle Revisoren sollten versuchen, den nötigen Respekt gegenüber den Geprüften zu zeigen und kein Misstrauen aufkommen zu lassen. Die Geprüften werden in Einzelgesprächen mit den Revisoren eine Lösung für die Umsetzung der erforderlichen Maßnahmen erwarten. Um in einer Prozessunabhängigkeit zu bleiben, wird das RT versuchen, Lösungsmöglichkeiten anzubieten, damit die Mitarbeiter der geprüften Stelle ihren eigenen möglichen Lösungsweg finden und gleichzeitig sollten alle Revisoren in der Phase der Nachprüfung die Geprüften bestärken, ihre selbst gefundenen Lösungen in konkrete Handlungen umzusetzen.

3.5.6

Frage:
Welche grundsätzliche Überlegung ist vor der Durchführung einer Nachprüfung notwendig, damit das RT eine Nachprüfung als wirtschaftlich vertretbar rechtfertigen kann?

Antwort:
Um die Durchführung einer Nachprüfung wirtschaftlich rechtfertigen zu können, ist vorher mittels einer Kosten-Nutzen-Rechnung zu ermitteln, ob der zu erwartende Ertrag (Nutzen) den Aufwand rechtfertigt. Ausschlaggebend für die Höhe der Kosten ist der Umfang der Prüfung, denn je genauer

und umfassender die Ergebnisse sein müssen, desto kostenintensiver erweist sich die Erfassung aller nötigen Daten. Es muss daher die Grundsatzfrage beantwortet werden, ob im konkreten Fall die Durchführung einer Nachprüfung die kostenverursachenden Tätigkeiten des RT rechtfertigt. Siegwart/Menzl (1978), zeigen auf, dass sich der Nutzen – im Gegensatz zu den Kosten – nicht so leicht bewerten lässt. Sie verweisen auf mehrere Autoren von Fachbüchern, die sich mit Kosten-Nutzen-Analysen beschäftigten und die zu der Einsicht kamen, sich auf die Betrachtung der Kostenseite zu beschränken.

4. Meine Fragen bezüglich weiterer Aufgaben der Internen Revision und die in der Literatur gefundenen Antworten

4.1 Die begleitende Kontrolle

Durch die Aufgabe der begleitenden Kontrolle sollen unerwünschte bzw. schädliche Entwicklungen schon in der Phase der Planung und Vorbereitung eines Vorhabens aufgedeckt und verhindert werden, darüber hinaus sollte die begleitende Kontrolle auch während der ganzen darauffolgenden Phase der Realisierung bzw. Konkretisierung des Vorhabens wirksam sein. Dies birgt jedoch für die IR die Gefahr, in die Entscheidungsvorgänge einer Fachabteilung hineingezogen zu werden und von ihrer Prozessunabhängigkeit in eine Prozessabhängigkeit zu geraten. Die einzelnen Aspekte einer korrekten Vorgangsweise bei einer begleitenden Kontrolle sind in den Leitlinien der IR festgeschrieben und daraus lassen sich auch die folgenden Fragen ableiten.

4.1.1

Frage:
Neben der Durchführung von Ordnungsmäßigkeitsprüfungen, Auslastungs- und Systemprüfungen hat die IR noch weitere Aufgaben durchzuführen. Eine davon ist die begleitende Kontrolle. Was versteht man darunter und in welcher Weise ist die IR hier eingebunden?

Antwort:
Die begleitende Kontrolle kommt zur Anwendung bei Projekten (z. B. Bau- oder EDV-Projekte). Sie stellt eine institutionell prozessunabhängige, prävisionsartige Überwachungsmaßnahme dar. Grundsätzlich wird die begleitende Kontrolle von einer aus der Projektorganisation herausgelösten Stabsstelle ausgeübt und soll bereits zu Beginn der generellen Planung eines Projektes einsetzen. In der Folge wird sie während des gesamten Projektverlaufes zu vorweg definierten Zeitpunkten („Meilensteine") wirksam und zwar jeweils am Ende eines in sich abgeschlossenen Projektabschnittes, jedenfalls aber noch vor den Entscheidungen der zuständigen Linienstelle über den nächsten Projektabschnitt. Die begleitende Kontrolle kann zweckmäßigerweise der IR übertragen werden. Für die IR handelt es sich dabei allerdings um eine Sonderaufgabe, da von ihr primär die klassischen Revisionsaufgaben wie Systemrevisionen, Auslastungsprüfungen und Ordnungsmäßigkeitsprüfungen wahrzunehmen sind. Die IR hat lediglich die Übereinstimmung bzw. Abweichung von Ist- und Soll-Zustand aufzuzeigen, während die notwendigen Verbesserungen der Abläufe der zuständigen Linienstelle obliegen.

4.1.2

Frage:
Wenn eine IR eine begleitende Kontrolle bei einem Projekt ausüben soll, um dem Projektleiter und seinem Team zu helfen, diverse Mängel zu vermeiden, an welchen vorweg definierten Zeitpunkten („Meilensteine") und in welchen Bereichen eines Projektes soll sie wirksam werden?

Antwort:
Sinnvoll wird die Einbindung der IR bereits vor Beginn des Projektes sein, um alle wichtigen Bestandteile eines Projektablaufes zu kontrollieren. Dies beginnt mit der Überprüfung der Vollständigkeit des Projektauftrages und dem Projektzieleplan. Um die Hauptziele, deren Erreichung am Ende des Projektes objektiv gemessen werden muss eindeutig zu erfassen, sind auch die Nichtziele zu benennen.

Freitter (2010) verweist weiter auf den Projektstrukturplan. Er teilt ein Vorhaben in mehrere steuerbare und kontrollierbare Arbeitspakete (AP) ein. Diesen AP werden dann die Leistungs- und Rechnungsbelege zugeordnet. Die AP werden in Phasen zusammengefasst. Wesentliche Ereignisse innerhalb des Projektes werden als „Meilensteine" dargestellt. An diesen Stellen hat die IR die begleitende Kontrolle wahrzunehmen.

Darüber hinaus dient der Projektstrukturplan im Projekt auch als Kommunikationsmittel zu anderen Personen und gestaltet das Projekt transparenter und nachvollziehbarer. Die AP-Spezifikation beschreibt ein AP in detaillierten Einzelschritten, deren Ergebnisse über die Fortschrittsmessung vom Projektleiter kontrolliert und gesteuert werden. Um den Projektleiter zu kontrollieren muss die IR einen Meilenstein benennen, um ebenfalls eine Leistungsfortschrittskontrolle durchführen zu können. Um die AP in ihrer zeitlichen Lage kontrollieren zu können, muss der Projektleiter der IR auch einen Projektbalkenplan vorlegen können. Der vernetzte Balkenplan zeigt nicht nur die gegenseitigen Abhängigkeiten der AP, sondern gibt am besten Auskunft über die Zeit- und Ablaufplanung.

Der Kostenplan wird mehrmals zu kontrollieren sein. Er gibt die zukünftigen, aber auch die bereits angefallenen

Kosten des Projektes an. Während des Projektes wird die begleitende Kontrolle besonderes Augenmerk auf den Finanzplan richten, denn aus ihm gehen die Einzahlungen und Auszahlungen hervor. Durch die begleitende Kontrolle der IR kann vermieden werden, dass das Projekt mögliche Mängel aufweist, die Finz (2010) wie folgt auflistet:

- keine transparente Darstellung des Vorhabens
- fehlende Ablauf- und Zeitplanung
- mangelhafte Finanzierungs- und Kostenpläne
- fehlende Leistungs-, Rechnungs- und Zahlungsnachweise

4.1.3

Frage:
In manchen Ministerien werden nur selten Großprojekte umgesetzt, dafür gibt es aber umso mehr Liefer- und Dienstleistungsaufträge durch eine öffentliche Auftragsvergabe. An welchen definierten Meilensteinen des Vergabeverfahrens kann eine begleitende Kontrolle durch die IR vorgesehen sein?

Antwort:
Die erste Einbindung im Vergabeverfahren muss noch vor der Ausschreibungsbekanntmachung erfolgen. Nach Pachner (2008) ist festzustellen, ob die richtige Wahl des Vergabeverfahrens getroffen wurde und der Bekanntmachungstext muss kontrolliert werden, ob eine klare Definition des Auftragsgegenstandes vorliegt oder nicht. In diesem Stadium muss auch die gesamte Ausschreibungsunterlage samt der Leistungsbeschreibung kontrolliert werden.

4.1.4

Frage:
An welchem nächsten Meilenstein in einem Vergabeverfahren ist die Einbindung einer IR für eine begleitende Kontrolle vorgesehen?

Antwort:
Wurden die Angebote der Bieter fristgerecht bei der vergebenden Stelle abgegeben bzw. eingereicht, müssen jene Angebote, die in die engere Wahl kommen für die Zuschlagserteilung geprüft werden. Eine Zuschlagsentscheidung gemäß den Angaben in der Ausschreibung wird unter Berücksichtigung des technisch und wirtschaftlich günstigsten Angebotes oder des Angebotes mit dem niedrigsten Preis von der Fachabteilung getroffen werden. Nach der Zuschlagsentscheidung und noch bevor der Best- oder Billigstbieter verständigt wird, ist die IR einzubinden: sie muss kontrollieren, ob die Gründe für die Zuschlagserteilung schriftlich festgehalten wurden, sodass eine objektive Nachvollziehbarkeit der Bewertung durch die vergebende Stelle im Kontrollprozess eindeutig vorliegt.

4.1.5

Frage:
Eine begleitende Kontrolle während eines Vergabeverfahrens setzt voraus, dass der mit der Kontrolle befasste Sachbearbeiter bzw. Revisor mit dem Referenten der vergebenden Stelle eng zusammenarbeitet und eine Vertrauensbasis vorhanden sein muss. Welche Voraussetzungen darüber hinaus sind für den Revisor in dieser Situation wichtig und welches Verhalten der Gesprächspartner ist für beide Seiten vorteilhaft, um keine Spannungen aufkommen zu lassen?

Antwort:
Grupp (1986) ist der Ansicht, dass der mit der begleitenden Kontrolle befasste Revisor sich über seine eigenen vergaberechtlichen Kenntnisse im Klaren sein muss, sich aber gleichzeitig auch dessen bewusst sein muss, dass es nicht möglich sein wird, dem mit der Auftragsvergabe befassten Sachbearbeiter, der schon seit vielen Jahren tagtäglich alle Arten von Auftragsvergaben durchführt fachlich ebenbürtig zu sein. Diesen Nachteil kann der Revisor jedoch durch seine jahrelange Erfahrung mit verschiedenen Kontroll- und Revisionstechniken ausgleichen.

Bei sich ergebenden Unklarheiten sollten sowohl der Sachbearbeiter der vergebenden Stelle als auch der Revisor in ihrer Argumentation auf der sachlichen Ebene bleiben und eine emotional geführte Debatte vermeiden, sodass letztlich beide Seiten ihren Standpunkt aufgrund der vorliegenden realen Fakten vertreten und das Gespräch auf Augenhöhe geführt werden kann. Wenn sich im Laufe der länger dauernden Zusammenarbeit der Referent als Auftraggeber einer Leistung und der Revisor „aneinander gewöhnt" haben, wird die vielleicht anfänglich vorhandene Nervosität und Unsicherheit abklingen und durch den Revisor aufgezeigte Vergabemängel leichter zu diskutieren sein.

4.1.6

Frage:
Welche grundsätzlichen Überlegungen können dem Revisor helfen, bei einer begleitenden Kontrolle den Geprüften die Ängste zu nehmen und ein gutes Gesprächsklima herzustellen?

Antwort:
Grupp (1986) gibt den Revisoren den Rat, sich für kurze Zeit nicht als Kontrollorgan zu sehen, sondern sich in die Rolle der Geprüften zu versetzen und sich zu überlegen, wie sie sich normalerweise gegenüber einem noch unbekannten Gesprächspartner verhalten würden. Wie würde ein Projektleiter grundsätzlich reagieren? Vermutlich in der üblichen Form: er würde sich so gut wie möglich abschirmen und versuchen, sich beim Gespräch in ein möglichst gutes Licht zu setzen. Sein Verhalten wäre zwar verständlich, ist jedoch in der Zusammenarbeit nicht hilfreich. Daher muss es dem Revisor gelingen, eine persönliche Verbindung zu dem Sachbearbeiter herzustellen, indem er dessen Vorbehalte gegen die „Einmischung von außen" ernst nimmt und zu entkräften versucht. Denn ein grober Vertrauensbruch wäre beispielsweise gegeben, wenn die kontrollierten Projektmitglieder den Eindruck gewinnen, dass die Revisoren unbedingt zu negativen Kontrollergebnissen kommen möchten. Noch schlimmer wäre es, wenn die Geprüften feststellen, dass die Revisoren ihre wesentlichen Probleme gar nicht begreifen. Um diesen Eindruck von Anfang an zu vermeiden gilt es, Vertrauen aufzubauen, indem der Revisor signalisiert, dass er die Hauptprobleme erfasst hat und am Finden einer konstruktiven Lösung gemeinsam mit den Geprüften interessiert ist. Es ist daher wesentlich, dass es ihm gelingt, nicht nur die uneingeschränkte Kooperation der Geprüften sondern darüber hinaus sogar ihre Sympathien zu erlangen, indem er sich als sachlicher und fachkundiger Gesprächspartner zeigt, der sich in sein Gegenüber hineinversetzen kann, was bei einer begleitenden Kontrolle besonders wichtig erscheint.

4.2 Die Beratung (Consulting)

Die Beratung ist eine der klassischen Aufgaben der IR. Durch die Beratung können einer OE im Gesamten oder in Teilbereichen neue Impulse gegeben werden, sei es in Form von außen eingebrachter Leistungen oder des Nutzbarmachens von Erfahrungen aus anderen Bereichen. Die Beratung kann sich auf Führungs-, Entscheidungs-, Gestaltungs- und Durchführungsprobleme beziehen. Die Bedeutung und die Vorteile der Beratung durch die IR liegen darin, dass sich eine OE auf diese Weise das für einen einmaligen Reorganisationsprozess erforderliche Fachwissen beschaffen kann, ohne extra entsprechende Experten einstellen oder das Knowhow von einem externen Berater kaufen zu müssen. Zu diesem Thema bin ich bei Arbogast (1992) fündig geworden.

4.2.1

Frage:
In verschiedenen RO zählt es zur Aufgabe einer IR, eine Beratungsleistung anzubieten, wenn es im Interesse eines hilfesuchenden Leiters einer OE liegt. Sind hierfür bestimmte Haltungen und Einstellungen der Revisoren notwendig, um sie in die Lage zu versetzen, ein förderndes und unterstützendes Gespräch zu führen?

Antwort:
Der beratende Revisor muss zunächst noch keine Problemlösungen vorweisen können, sondern vielmehr ein Verhalten zeigen, das dem Hilfesuchenden ermöglicht, Vertrauen zu gewinnen und sich offen mitzuteilen.

4.2.2

Frage:
Als Hilfesuchender – und in dieser Situation scheinbar „Unterlegener" – Vertrauen und Offenheit in einem Beratungsgespräch zu zeigen sagt sich leicht. Welche konkrete Haltung müssen beratende Revisoren haben, um das Vertrauen des Ratsuchenden zu gewinnen und damit seine Offenheit zu fördern?

Antwort:
Um für den Hilfesuchenden die ersten Hürden eines von ihm als unerfreulich eingestuften Gesprächs zu beseitigen, sollte ihm der Revisor gleich zu Beginn seine Achtung und Akzeptanz als Gesprächspartner signalisieren. Ziel der Akzeptanz ist es nicht, dessen Verhalten als richtig oder falsch zu bewerten, es ist das Verständnis seiner Realität. Das positive Klima der Wertschätzung soll an Stelle von Misstrauen und Abwertung gesetzt werden. Der Gesprächspartner soll sich sicher fühlen und sich nicht Angriff, Beleidigung und Kritik ausgesetzt sehen. Der Revisor sollte sich in die Situation des Hilfesuchenden einfühlen und Verständnis für dessen Lage aufbringen, ohne ihn zu deuten oder zu interpretieren.

4.2.3

Frage:
Inwieweit spielt die „Echtheit" und Ehrlichkeit im Verhalten des Revisors als Berater eine Rolle?

Antwort:
Jeder, der ein persönliches oder beratendes Gespräch führt, sollte sich dabei offen und direkt verhalten. Es kann in einer

solchen Situation nicht zielführend sein, dem Gegenüber etwas vorzuspielen, Ärger hinunterzuschlucken, Freude nicht zu zeigen. Durch Echtheit im Verhalten zeigt der Berater Engagement und Solidarität mit seinem Gesprächspartner, was jedoch nicht bedeutet, dass er distanz- und kritiklos dessen Sichtweise akzeptiert oder übernimmt. In schwierigen Situationen wird es Vertrauen schaffen, wenn der Berater seine Gefühle offen benennt. Die Beziehung zwischen dem Berater und dem Hilfesuchenden anzusprechen dient meist der Klärung und dem Fortschritt im Gespräch.

4.2.4

Frage:
Bei einem Beratungsgespräch kann es vorkommen, dass es beim Ratsuchenden zu einem Abwehrverhalten kommt. Wie sollte sich ein Revisor als Berater in einer solchen Situation verhalten?

Antwort:
Der Begriff der **Abwehr** bezeichnet eine psychische Haltung, die auf unbewussten Prozessen beruht, woraus sich ein entsprechendes Verhalten erklären lässt, beispielsweise dann, wenn sich eine Person bedroht fühlt. Auch wenn diese Bedrohung für einen Außenstehenden nicht nachvollziehbar sein mag, sollte der Revisor im Beratungsgespräch auf keinen Fall versuchen, die Wahrnehmung einer hilfesuchenden Person „richtigzustellen" oder ihr die Gefühle „auszureden". Wenn es sich um Abwehrverhalten handelt, wird der Ratsuchende den Revisor nicht verstehen und sich nicht ernst genommen fühlen. Vielmehr sollte der Revisor alles daran setzen, auf die Bedenken und Ängste der Person einzugehen, um sie zu entkräften.

4.2.5

Frage:
Es hat sich gezeigt, dass Beratungsgespräche dann angenommen werden und am erfolgversprechendsten sind, wenn der Revisor durch seine Antworten dem Ratsuchenden vermittelt, sich in seine Lage und die Probleme hineinversetzen zu können und ihm helfen zu wollen. Beratungsgespräche können jedoch behindert bzw. müssen sogar abgebrochen werden, wenn sich der Berater in seinem Verhalten sogenannter Kommunikationssperren bedient. Welche typischen Kommunikationssperren gibt es, die in einem Beratungsgespräch unterlassen werden sollten?

Antwort:
Der Revisor sollte sich seiner Verantwortung in der Rolle als Berater bewusst sein und nicht der Versuchung erliegen, den Ratsuchenden im Gespräch zu „manipulieren". Verhaltensweisen wie **Warnen und Drohen, Moralisieren und Predigen, Belehren und Lächerlich machen** sollten unterlassen werden, denn mögliche Folgen können Furcht, Widerstand, Resignation, Ablehnung, Schuldgefühle, Unfähigkeitsgefühle, Mauern, Kontaktabbruch, Gegenwehr und Problemscheue sein.

4.2.6

Frage:
Im Beratungsgespräch sieht sich der Revisor vor die Aufgabe gestellt, die Sichtweise des Ratsuchenden für sich zu übersetzen und zu verstehen. Kann man davon ausgehen, je besser dem Revisor dies gelingt und er dem Hilfesuchenden dessen eigene Betrachtungs- und Bewertungsweisen vor Augen führen kann,

desto leichter wird der Beratene wieder zurück zu seiner „Ordnung" in seinem Bezugsrahmen finden?

Antwort:

Mit Hilfe von **Identifikation** kann der Revisor im Beratungsgespräch mit dem Ratsuchenden dessen Gefühle und Auffassungen thematisieren. Einer Identifikation mit einem anderen Menschen geht voraus, dass man Ähnlichkeiten wahrnimmt. Die Situation des anderen, seine Gefühle, seine Auffassung von seinem Problem müssen dem Berater bekannt vorkommen. Er muss sich einfühlen können, was der Hilfesuchende empfindet und wie er seine Lage sieht, ganz so als wäre er selbst an dessen Stelle. Wenn diese Voraussetzung erfüllt ist, kann man sich erlauben, aus der Sicht des anderen zu reden. Man identifiziert sich mit dem Hilfesuchenden, indem man von sich selbst redet und wie man (an Stelle des Gesprächspartners) denkt, die Situation auffasst oder fühlt. Man kann dann auch auf ähnliche Situationen hinweisen, die man selbst erlebt hat oder von eigenen Erinnerungen sprechen, die bei der Schilderung der problematischen Situation wieder ins Gedächtnis gerufen wurden.

4.2.7

Frage:
Gibt es für einen Revisor noch eine weitere Möglichkeit, ein Beratungsgespräch erfolgreich zu führen, um in einem Problemfall zu einer genaueren Analyse zu kommen?

Antwort:
Eine weitere Möglichkeit innerhalb eines Beratungsgespräches besteht darin, **Angebote zu formulieren**. Der Revisor unterstützt den Ratsuchenden, indem er ihm dadurch eine

Hilfestellung gibt, wie er seine Gefühle und Stimmungen oder Sachverhalte genauer beschreiben kann. Pallasch (1987) vertritt die Meinung, dass die Angebote Assoziationsketten auslösen, d. h. es bildet sich eine Verknüpfung von Vorstellungen, wobei eine Vorstellung eine weitere hervorrufen soll. Diese Angebote des Beraters sollen dem Ratsuchenden helfen sich zu erinnern und den Sachverhalt zu präzisieren. Denn gerade in Situationen, in denen der Hilfesuchende dem Berater etwas beschreiben möchte, kann er sich vielleicht nicht mehr genau erinnern oder nicht die richtigen Worte finden. Um diese Methode umsetzen zu können, ist es unerlässlich, dass sich der Revisor vor der Beratung mit dem Aufgabengebiet des Ratsuchenden auseinandersetzt, sodass er in der Lage ist, ein Angebot mit dem fachlich korrekten Vokabular unterbreiten zu können.

4.2.8

Frage:
Wie sollte ein Revisor als Berater vorgehen: dem Ratsuchenden eine Lösung für ein vorliegendes Problem anbieten oder ihn lieber dahingehend unterstützen, einen eigenen Lösungsweg zu finden?

Antwort:
Ein Ratsuchender, der mit einem Berater ein Gespräch führt, wird im Allgemeinen eine Lösung für sein Problem erwarten. Hier ist das Einfühlungsvermögen des Revisors gefragt. Er muss sein Gegenüber richtig einschätzen und im Gesprächsverlauf heraushören können, mit welcher „Taktik" er im konkreten Fall ein besseres Ergebnis erzielen kann. Einerseits soll er dem Ratsuchenden nicht das Gefühl geben, dass er ihn beim Suchen nach einer Lösung nicht unterstützen will, wenn er nicht selbst sofort „fertige" Vorschläge liefert,

anderseits soll er nicht spontan eine Lösung vorgeben, die er für sich selbst für angemessen hält. Der Revisor kann davon ausgehen, dass der Ratsuchende im Unterbewusstsein oft selbst weiß, welche Lösung für ihn die richtige ist. Der Berater sollte vielmehr den Ratsuchenden unterstützen, seinen eigenen möglichen Lösungsweg zu artikulieren und ihn darin zu bestärken, diesen in konkrete Handlungen und Veränderungen umzusetzen.

4.2.9

Frage:
Wie bereits gesagt, geht man davon aus, dass der Ratsuchende vor dem Beratungsgespräch bereits selbst Lösungswege gefunden hat und sich nun für einen dieser Lösungswege eine Unterstützung erhofft. Wie muss sich jedoch ein Revisor als Berater verhalten, wenn er feststellen muss, dass der Ratsuchende noch gar keine Lösung gefunden hat?

Antwort:
Der Revisor als Berater muss dann erkennen, welche Lösungsansätze sich für den Ratsuchenden aus der von ihm geschilderten Problematik ergeben könnten. Er sollte ihm verschiedene Denkanstöße vermitteln, die der Beratene als schlüssige Folgerungen aus seiner Problemsituation verstehen kann und die der Revisor dann für ihn in Worte fasst. Wenn es gelingt, dass der Beratene „laut mitdenkt", wird er sich mit den Lösungsangeboten auseinandersetzen, sich diese zu eigen machen oder aber sie zu modifizieren versuchen. In dieser Situation sollte der Revisor vorschlagen, gemeinsam ein Brainstorming von Lösungen vorzunehmen. Dabei sollen möglichst viele und unterschiedliche Lösungen für das Problem assoziiert werden. Der Revisor soll den

Ratsuchenden ermutigen, auch die Lösungen anzusprechen, die er „unmöglich" findet und ihm bei der Formulierung von vagen Ideen helfen. Dabei wird dieser vielleicht feststellen, dass ihm mehr Lösungen einfallen, als er selbst gedacht hat. Der Revisor muss dabei darauf achten, dass die Assoziationen nicht durch Bewertungen unterbrochen werden. Die Lösungen zu ordnen und einzuteilen in „machbar" und „nicht machbar" stellt den zweiten Schritt dar.

4.2.10

Frage:
Für den Revisor als Berater gilt einerseits das Prinzip des Einfühlens und Akzeptierens, anderseits das Prinzip der Kontrolle und der Lenkung. Kann auch die Beratung – wie es im Rabl der Fall ist – in Phasen eingeteilt werden?

Antwort:
Arbogast (1992) meint, ja, auf jeden Fall. Der Revisor als Berater sollte sich an den folgenden vier Gesprächsphasen orientieren:

1. Phase der Ziel- und Rollenklärung

Sollte sich ein Leiter einer OE an eine IR wenden und ein Problem besprechen wollen, sollte er durch den Leiter der IR ermutigt werden, indem gemeinsam das Ziel des Treffens festgelegt und die Rolle des „Beraters" diskutiert wird. Ziel eines solchen Gesprächs kann es beispielsweise sein, eine schwierige Situation zu klären, wie z. B. eigene Befugnisse im Widerstreit mit anderen OE in der Ablauforganisation. In diesem Fall hat der Revisor als Berater die Rolle des Zuhörers, der nachfragt, um bei der Analyse der Situation zu helfen.

2. Phase der Problemdefinition und -analyse

Das Problem des Ratsuchenden wird genauer definiert, eventuell auch eingegrenzt. Die vorher erwähnten Gesprächselemente und Beratungstechniken helfen bei der Problemfindung und tragen zum Verstehen der problematischen Situationen bei. Die richtige Frageform an der richtigen Stelle kann genauso unterstützend wirken wie Rückmeldungen über das momentane Verhalten, die Befindlichkeit des Erzählenden, seine Sprache, Distanziertheit oder sein Engagement, um die Situation genauer zu reflektieren. Auch die Identifikation mit Personen, die nicht anwesend sind, aber problematisch gesehen werden, kann weiterbringen. Der Revisor als Berater versucht, sich in die Gefühle und Einstellungen des Beratenen einzufühlen und kurzzeitig aus dessen Perspektive zu argumentieren oder er versucht, den Hilfesuchenden selbst dazu zu veranlassen. Ein umfassendes Verständnis von der Situation soll gewonnen werden. Damit ist gemeint, ein Problem nicht als statisch und nicht nur aus dem Blickwinkel einer Person oder einer Interessensgruppe zu betrachten. Probleme haben immer eine „Geschichte", einen zeitlichen Verlauf, immer gibt es bestimmte Schlüsselsituationen, die diese oder eine andere Reaktion ausgelöst haben. Bei Problemen gibt es immer auch mehrere daran beteiligte Personen, auch wenn beim eigentlichen Konflikt nur zwei Personen räumlich anwesend waren. Es gibt immer – unabhängig von Einzelpersonen – einen situationsbedingten Einfluss auf die bestehenden Probleme, z. B. Leistungs- und Verhaltenserwartungen in der Org, Normen, die das gegenseitige Umgehen mit unterschiedlichen Hierarchiestufen betreffen, ökonomische Sicherheit und Zukunftsperspektiven.

3. Phase der Problembearbeitung mit Lösungsmöglichkeiten

Nachdem das Problem bzw. der Konflikt erfasst ist und dessen wichtige Aspekte die Gesprächspartner idealerweise zusammengefasst haben, können Lösungsansätze erarbeitet werden. Manchmal sind hier noch zusätzliche Informationen einzubeziehen, wie beispielsweise Sachzusammenhänge oder rechtliche Aspekte eines Problems. Dem Ratsuchenden werden mögliche alternative Verhaltensweisen aufgezeigt. Verhaltensmöglichkeiten werden daraufhin untersucht, ob der Ratsuchende im Rahmen seiner Fähigkeiten und im Rahmen seiner institutionellen Abhängigkeiten diese überhaupt umsetzen kann. Wenn einerseits bei Sachfragen Lösungen auf sachlicher Ebene gefunden wurden und andererseits auf der Gefühlsebene Einstellungen verändert werden konnten, um entsprechendes Verhalten daraus abzuleiten, werden diese „Lösungen" wieder zusammengefasst.

4. Phase der Zusammenfassung und Reflexion

Den Abschluss eines persönlichen Gesprächs sollte die Zusammenfassung der „Ergebnisse" bilden, falls diese Zusammenfassung nicht schon, wie bereits angesprochen, in den einzelnen Phasen erfolgt ist. Ergebnisse können in diesem Fall sein: Neue Erkenntnisse und Informationen, Lösung von Sachfragen, Mitdenken von Abhängigkeiten bzw. unterschiedlichen Interessen und Einstellungen, Änderung von gefühlsmäßigen Einstellungen, Versuche von alternativem Verhalten oder aber die Feststellung, dass dieser Konflikt nicht lösbar erscheint. Ganz am Schluss ist es hilfreich, noch einmal die Beziehungsebene des Gespräches zu thematisieren. Der Revisor sollte sich vom Ratsuchenden Rückmeldung über die subjektive, gefühlsmäßige Einschätzung des Gespräches holen und über sich und seine momentane Befindlichkeit sprechen.

5. Meine Fragen bezüglich möglicher Konflikte in einer Internen Revision und die in der Literatur gefundenen Antworten

Naase (1978) erklärt, dass sich Org aus Gruppen zusammensetzen. Der in einer Gruppe tätige Mensch denkt, fühlt und handelt also nicht allein als Individuum für sich, sondern auch als Mitglied einer oder mehrerer dieser Gruppen. Sein Verhalten wird von den anderen Gruppenmitgliedern beeinflusst und umgekehrt beeinflusst auch er selbst das Vorhaben der übrigen Mitglieder. Bei der Beschäftigung mit Konflikten von Gruppen ist zwischen Konflikten innerhalb einer Gruppe und Konflikten zwischen verschiedenen Gruppen zu unterscheiden. Gleichzeitig lässt sich sagen, dass einiges, was auf Konflikte in Gruppen zutrifft, übertragbar ist auf Konflikte zwischen Gruppen und umgekehrt. Naase (1978) hält die Trennung trotzdem für wichtig. Sie lässt sich theoretisch damit begründen, dass Prozesse, die innerhalb von Gruppen stattfinden, zum Teil „anders" sind und „anders" verlaufen als Prozesse zwischen Gruppen.

Als noch unerfahrener Revisor und Mitglied einer RA und vor allem später als Leiter der IR musste ich immer wieder feststellen, wie notwendig es war, dem Thema **Konflikte in einer Gruppe** große Aufmerksamkeit zu schenken, um die Motivation und Mitarbeiterzufriedenheit in unserer Gruppe nicht zu gefährden. In diesem Zusammenhang stellten sich mir zahlreiche Fragen, für die ich bei einigen Autoren klare Aussagen und hilfreiche Antworten finden konnte, allen voran bei Naase (1978).

5.1 Zunahme versus Verhinderung von Konflikten

5.1.1

Frage:
Wenn in einer RA die Zahl der Revisoren zunimmt, steigt die Häufigkeit von Konflikten, die sich aus den zwischenmenschlichen Kontakten ergeben oder wird sie verringert?

Antwort:
Es ist zu beobachten, dass mit zunehmender Gruppengröße innerhalb der RA die zwischenmenschlichen Kontakte zwischen den einzelnen Revisoren eher geringer werden und somit auch die Häufigkeit von Konflikten abnimmt.

5.1.2

Frage:
Wie wirkt sich eine hohe Anzahl von Revisoren in einer RA auf die Koordination von Aufgaben und Zielen dieser Abteilung aus?

Antwort:
Je größer eine Gruppe ist, desto mehr Mitarbeiter – in unserem Fall die Revisoren – sind wahrscheinlich mit unterschiedlichen Aufgaben betraut. Deshalb muss eine Ausrichtung auf gemeinsame Aufgaben und Ziele stattfinden, wobei mit zunehmender Anzahl von Revisoren der Koordinationsaufwand erheblich steigt. Größerer Koordinationsaufwand erhöht die Häufigkeit von Konflikten.

5.1.3

Frage:
Ist das Konfliktausmaß geringer, wenn es bei den Revisoren in einer RA bezüglich bestimmter Merkmale Ähnlichkeiten gibt?

Antwort:
Bestehen bei den Revisoren altersmäßig und hinsichtlich ihres sozialen Hintergrundes Ähnlichkeiten, dann wird im Konfliktfall das Konfliktausmaß geringer sein als wenn diese Ähnlichkeiten nicht vorhanden sind. Finden sich bei den Revisoren jedoch ausgeprägte unterschiedliche soziale und kulturelle Hintergründe, dann werden sie wahrscheinlich auch unterschiedliche Werte und Ansichten vertreten, d. h. die Beurteilung von Problemen in einer Org wird nicht eindeutig ausfallen, Konflikte sind somit absehbar. Um das Konfliktausmaß so gering wie möglich zu halten, sollten bei der Zusammensetzung des RT daher Personen rekrutiert werden, die den gleichen oder zumindest ähnlichen Hintergrund haben.

5.1.4

Frage:
Wenn Revisoren eine höhere Flexibilität zugebilligt wird, treten dann häufiger Konflikte auf?

Antwort:
Hohe Flexibilität bedeutet, dass die Revisoren die Möglichkeit und die Macht haben, Entscheidungen zu treffen, Regeln zu interpretieren und zu ergänzen. Darüber hinaus haben sie die Macht, Regeln zu modifizieren und neue aufzustellen. Konflikte resultieren dann vor allem

aus Abstimmungsprozessen. Geringe Flexibilität dagegen bedeutet beispielsweise, dass jedem Revisor feste Aufgabenbereiche zugewiesen sind, klare Entscheidungsbefugnisse vorliegen und Problemlösungsstrategien vorgegeben sind. Das Vorhandensein von „formalisierten" Regelungen vermindert die Komplexität in einer Entscheidungssituation. Ferner wird durch die erhöhte Transparenz die Koordination verschiedener Aktivitäten der IR erleichtert und somit erreicht, dass die Gefahr von Konflikten weiter verringert wird.

5.1.5

Frage:
Über lange Zeit gleichbleibende Arbeitsabläufe in einer RA schaffen Stabilität innerhalb der Abteilung. Wenn diese Stabilität durch äußere Einflüsse verringert wird, steigt dann das Konfliktausmaß?

Antwort:
Eine Verminderung der Stabilität kann z. B. ausgelöst werden durch eine „von außen" verordnete Neuerung, denn Neuerungen rufen in der Regel Widerstand hervor und sind Ursache für konfliktbehaftetes Verhalten. Je größer der Widerstand gegen die Neuerung ist, desto größer wird das Ausmaß der Konflikte sein. Dass die Einführung von Neuerungen konflikttträchtig ist, beruht darauf, dass sie bestehende Zustände – stabile Verhältnisse – aus dem Gleichgewicht bringen. Neuerungen bedeuten ja nicht nur, dass z. B. ein neu entwickeltes technisches Hilfsmittel in gewohnten Strukturen verwendet wird, sondern darüber hinaus erfordern sie die Entwicklung neuer Kommunikationsstrukturen, neuer Entscheidungsstrukturen, ja sogar neuer Denkformen. Wegen dieser zum Teil sehr weitgehenden Konsequenzen von Neuerungen ist zu erwarten, dass sie

Widerstand hervorrufen und das Ausmaß der Konflikte dementsprechend groß sein wird.

5.1.6

Frage:
Wann werden Neuerungen in der Abteilung von den Gruppenmitgliedern als bedrohlich wahrgenommen und erhöhen somit das Konfliktpotential?

Antwort:
OE können Sicherheitsbedürfnisse wie Daseinssicherung, Schutz- und Zukunftsvorsorge befriedigen. Haben die Gruppenmitglieder jedoch den Eindruck, dass die Neuerung in ihrer Abteilung dazu führen wird, dass z. B. Mitarbeiter freigesetzt werden und somit ihr Bedürfnis nach Sicherheit und Schutz durch die Org nicht mehr erfüllt wird, dann werden Neuerungen als Bedrohung wahrgenommen und führen zu einem erhöhten Konfliktpotenzial. Die Autonomie der Gruppe kann dann gefährdet werden, wenn ihr Entscheidungsspielraum am eigenen Arbeitsplatz durch die Einführung der Neuerung vermindert wird. Ein Entzug von Rechten, die die Gruppenmitglieder bisher innegehabt haben, wird nicht ohne Protest und Widerstand hingenommen werden.

5.1.7

Frage:
Verringert sich das Konfliktausmaß für die Revisoren, wenn ihrerseits Kritik an einer Neuerung in der RA, eine Überprüfung bzw. Korrekturen zulässig sind?

Antwort:
Um Missverständnisse über den Charakter von Neuerungen möglichst gering zu halten, müssen von Seiten der Initiatoren Klarstellungen erfolgen. Es muss für Revisoren möglich sein, Kritik an der Innovation zu üben, etwaige Mängel und Dysfunktionen anzusprechen und auch zu korrigieren.

5.1.8

Frage:
Warum können durch die Aufnahme eines neuen Mitarbeiters in die RA Konflikte unter den Revisoren entstehen?

Antwort:
Auch die Aufnahme neuer Mitarbeiter entspricht gewissermaßen einer Neuerung, die innerhalb der RA für Konflikte sorgen kann, wenn sie in den Augen der „alten" Revisoren nicht den Vorgaben der RA entsprechen. Der neue Mitarbeiter erfährt zunächst, dass von ihm verlangt wird, die Normen der RA, in die er kommt, korrekt anzunehmen. Sollten seine Werte, Ziele und Verhaltensweisen nicht mit jenen übereinstimmen, die die RA von ihm verlangt, dann beginnt ein Prozess, in dessen Verlauf der Neueinsteiger einsehen muss, dass er seine bisherigen Werte, Ziele und Verhaltensweisen aufgeben muss. Es wird ihm klargemacht, dass sein bisheriges „Selbstbild" für die Gruppe der Revisoren und für die Org nicht akzeptabel ist und Konflikte ausgelöst hat.

5.1.9

Frage:
Je besser die Revisoren einer RA in der Lage sind, Bedürfnisse eines Gruppenmitgliedes zu befriedigen, desto geringer ist die Häufigkeit und das Ausmaß von Konflikten zwischen den individuellen Zielen eines Gruppenmitgliedes und den Zielen der RA. Stimmt diese Hypothese?

Antwort:
Durch die möglichst umfassende Befriedigung von Bedürfnissen erreicht der Leiter einer RA, dass sich ein Revisor als Gruppenmitglied mit ihr identifiziert. Genauer gesagt, je mehr individuelle Bedürfnisse befriedigt werden können, desto größer ist die Neigung des einzelnen Revisors, sich mit der RA zu identifizieren. Durch den hohen Grad an Bedürfnisbefriedigung wird nicht nur der Effekt der Identifizierung mit der RA erreicht sondern der einzelne Revisor wird dadurch auch in höherem Maße in die RA integriert. Es ist der folgende Zusammenhang zu vermuten: Je mehr jemand in die RA integriert ist, desto eher wird er bestehende Normen respektieren. Dies führt dazu, dass sich weniger Konflikte wegen mangelnder Normrespektierung oder aufgrund von Normübertretung ergeben.

Eine weitere Begründung für diese Hypothese wird durch die Theorie der komplementären Bedürfnisse von Winch, Ktanes und Ktanes (1954) möglich. Sie geht von der Grundannahme aus, dass wir uns zu Menschen hingezogen fühlen, die unsere Bedürfnisse befriedigen. Dies trifft am ehesten zu bei Partnern, die sich in ihren Bedürfnissen ergänzen. Die gegenseitige Bedürfnisbefriedigung in einer Gruppe sieht dann so aus, dass jedes Gruppenmitglied, indem es seine eigenen Bedürfnisse befriedigt, gleichzeitig auch dem anderen Gruppenmitglied Befriedigung verschafft. Gegenseitige Bedürfnisbefriedigung hat eine attraktionsfördernde Wirkung, die ihrerseits die Wahrscheinlichkeit des Auftretens von Konflikten mindert.

5.1.10

Frage:
Treten umso mehr Konflikte auf, je größer die Anzahl der Ziele ist, die in einer RA angestrebt werden?

Antwort:
Bei zunehmender Komplexität des Systems von angestrebten Zielen wird das Zusammenspiel schwieriger und es steigt die Wahrscheinlichkeit, dass zwischen einzelnen Zielen Widersprüche auftreten. Auch dann, wenn sich Revisoren nicht auf die Ziele der RA einigen können, weil die einzelnen Mitglieder der Gruppe divergente Ziele haben, wird das Konfliktausmaß größer. Nur wenn die Ziele aller Revisoren übereinstimmen, werden sich Konflikte am ehesten vermeiden lassen.

5.1.11

Frage:
Treten Konflikte häufiger auf, wenn das Wahrnehmungsvermögen des Leiters der RA und das der Revisoren unterschiedlich ist?

Antwort:
Vom Wahrnehmungsvermögen sowohl des Leiters einer RA und als auch der Gruppe der Revisoren hängt ab, welche Signale empfangen werden. Sind die Gruppenmitglieder

hinsichtlich ihres Wahrnehmungsvermögens sehr unterschiedlich, treten häufiger abweichende Beurteilungen einer Information auf, was dann zu Konflikten führen wird. Je unterschiedlicher das Wahrnehmungsvermögen ist, desto unterschiedlicher wird die Relevanz von Informationen für bestimmte zu beurteilende Situationen und Sachverhalte gesehen. Wenn ein Revisor Informationen vom Leiter der RA erhält, ohne zu erkennen, dass sie für die Beurteilung eines Sachverhaltes wesentlich sind, wird es zu Konflikten kommen, da der Leiter der RA feststellen muss, dass der Revisor offenbar nicht in der Lage war, die Botschaft zu verstehen.

5.1.12

Frage:
Werden Kommunikationskonflikte wahrscheinlicher, wenn sich die Erfahrungen und Kenntnisse der Revisoren stark unterscheiden?

Antwort:
Die im Laufe der Zeit erworbenen Erfahrungen und die gespeicherten Kenntnisse sowohl der Revisoren als auch des Leiters einer RA sind – schon wegen der individuellen Lebensgeschichte jedes einzelnen – oft recht unterschiedlich. Diese individuellen Erfahrungen beeinflussen ihr Wahrnehmungsvermögen, d.h. die Art der Beurteilung und Interpretation von kommunizierten Informationen. Je größer diese Unterschiede sind, desto wahrscheinlicher ist es, dass Kommunikationskonflikte auftreten. Die Möglichkeit von Missverständnissen und des Missverstehens erhöht sich.

5.1.13

Frage:
Kann eine ungenügende Kommunikationskapazität eines Revisors zu einer Informationsüberlastung und somit zu vermehrten Konflikten führen?

Antwort:
Ist ein Revisor nicht in der Lage, alle in einer Kommunikation übermittelten Informationen aufzunehmen – wodurch notgedrungen einige Informationen verloren gehen – dann führt dies dazu, dass er nicht fähig ist, die durch die Kommunikation übermittelten Absichten zu verstehen und die Anforderungen und Ansprüche zu erfüllen. Diese – womöglich wiederholte – Nichterfüllung wird zu Konflikten mit dem Sender der Information, meist der Leiter der RA, führen. Wenn ein Revisor beispielsweise wegen Informationsüberlastung nicht in der Lage ist, das Wesentliche einer Botschaft zu erfassen und daher zu Fehlschlüssen kommt, wird er nicht nur mit der eigenen Abteilung und den anderen Revisoren in Konflikt geraten sondern auch mit sich selbst, insbesondere dem Bedürfnis, selbst gute Arbeit zu leisten. Im Hinblick auf die Reduzierung von Kommunikationskonflikten ist daher darauf zu achten, dass die Informationsquantität den jeweiligen Fähigkeiten der Revisoren entspricht, denn eine große Diskrepanz wird auf längere Sicht den Gruppenzusammenhalt und die gemeinsame Zielerreichung gefährden.

5.1.14

Frage:
Manchmal kann in einer RA festgestellt werden, dass Mitarbeiter untereinander Informationen zurückhalten. Wie wirkt sich dies auf die Konflikthäufigkeit aus?

Antwort:
Defensives Informationsverhalten entsteht, wenn ein Revisor eine Bedrohung (seiner Stellung, seiner Ziele usw.) wahrnimmt. Aus dem Gefühl der Bedrohung heraus entstehen defensive Haltungen und Verhaltensweisen, beispielsweise indem man in einem Kommunikationsprozess gewisse Informationen zurückhält, um nicht alle Karten ausspielen zu müssen. In der Folge ist damit zu rechnen, dass ein Revisor, der dieses Verhalten bei einem Kollegen entdeckt, seinerseits ein defensives Kommunikationsverhalten in der einen oder anderen Weise zeigen wird. Je ausgeprägter diese Verhaltensmuster innerhalb einer RA sind, desto weniger werden die Beteiligten in der Lage sein, die Ziele und Sachvorstellungen des anderen akkurat wahrzunehmen, d. h. desto häufiger wird es zu Verzerrungen kommen und folglich auch zu Konflikten – nicht zuletzt auch durch wachsendes Misstrauen.

6. Meine Fragen zu möglichen Konflikten zwischen der Internen Revision und anderen prüfenden Organisationseinheiten und die in der Literatur gefundenen Antworten

Naase (1978) weist darauf hin, dass Spannungen zwischen Gruppen nicht allein auf unterschiedlichen Zielen beruhen, die die Abteilungen für sich selbst und für die Org anstreben, sondern auch darauf, dass die Abteilungen dasselbe Ziel erreichen wollen. Liegt dieser Fall vor, dann handelt es sich um Konkurrenzbeziehungen zwischen Gruppen. Die hauptsächlich in Org anzutreffende Form von Konkurrenz besteht darin, dass die verschiedenen Abteilungen gleichzeitig Ansprüche auf die Verfügung über knappe Mittel erheben. Jede Abteilung möchte einen möglichst großen Anteil an den vorhandenen Mitteln haben (im öffentlichen Dienst möglichst viele Planstellen). Hinsichtlich dieses Zieles konkurrieren sie miteinander.

Als Leiter einer RA beschäftigten mich dementsprechend Fragen zum Thema **Konflikte zwischen Gruppen,** insbesondere welchen Einfluss der Konkurrenzgedanke auf die Konflikte hat. In der Literatur – wieder vor allem bei Naase (1978) – fand ich für mich erkenntnisreiche Antworten zu allen folgenden Fragen zu diesem Thema.

6.1 Auslöser für Konflikte

6.1.1

Frage:
Durch die Weiterentwicklung und Ausweitung der Aufgaben der IR von der Finanz- und Rechnungsprüfung (Financial Auditing) zur Systemprüfung (Operational Auditing) kam es im deutschsprachigen Raum zu Berührungspunkten mit anderen prüfenden Abteilungen, wie z. B. mit der Organisationsabteilung und der Controlling-Abteilung. Was könnte geschehen, wenn die Kompetenzen der einzelnen Abteilungen nicht klar abgegrenzt und definiert sind?

Antwort:
Der Entscheidungsträger einer Org hat darauf zu achten, dass sich die Kompetenzen der prüfenden Abteilungen nicht überschneiden. In den Arbeitsplatzbeschreibungen sowie in der Geschäftseinteilung müssen eindeutige Zuständigkeiten und Verantwortlichkeiten aufscheinen und geregelt sein. Die Unabhängigkeit der IR muss deshalb gegeben sein, da sie auch die Organisationsabteilung und Controlling-Abteilung sowie weitere prüfende und kontrollierende Abteilungen einer Systemprüfung zu unterziehen hat.

6.1.2

Frage:
Ist davon auszugehen, dass bei Gruppen, die in Konkurrenz zueinander stehen, die Konflikthäufigkeit zunimmt?

Antwort:
Sherif M. und Sherif C. (1969) stellten in ihren Untersuchungen fest, dass es bei Gruppen, die in wettbewerbsorientierten Spielen interagieren, bei denen der Sieg der einen Gruppe die Niederlage der anderen Gruppe zur Folge hat, zu einer starken Feindseligkeit zwischen den Mitgliedern der beiden Gruppen kommt.

In der Praxis einer RA geht es jedoch nicht um Sieg oder Niederlage sondern um klare Kompetenzzuordnung von verschiedenen prüfenden Abteilungen. Wenn die Befugnisse der IR und anderer mit Prüftätigkeiten befassten Abteilungen für ein Prüfobjekt ident sind, nehmen die Spannungen zwischen den Gruppen zu. Stehen sich die beiden Parteien nicht in einer Konkurrenzsituation gegenüber sondern sind beide eingebunden in ein Vorhaben von übergeordnetem Interesse, das die Kooperation der Gruppen bzw. der Abteilungen nötig macht, dann führt das zu einem Abbau der Feindseligkeit und einer Verminderung der Spannungen.

6.1.3

Frage:
Bedeutet dies auch, je größer die Kommunikationshindernisse zwischen Abteilungen sind, desto häufiger können Konflikte auftreten?

Antwort:
Kommunikationshindernisse zwischen Abteilungen in Org können auf mangelndem Wissen über die Tätigkeit und Aufgaben der anderen Gruppe, Schwierigkeiten bei der zeitlichen Abstimmung der Kontaktaufnahme, Erschwernissen beim persönlichen Austausch aufgrund räumlicher Distanzen und

mangelnder menschlicher Kontakt- und Kommunikationsfähigkeit beruhen. Alle diese Hindernisse können dazu führen, dass zur Zusammenarbeit in der Gesamtorganisation notwendige Informationen die betreffenden Abteilungen nicht erreichen. Sie sind in diesem Falle die Quelle von Missverständnissen, die Kooperationsprobleme und Konfliktverhalten zur Folge haben. Bei ungenügendem Wissen über die Arbeit der anderen Abteilungen ist mit ähnlichen Schwierigkeiten zu rechnen. Dies wird vor allem dann der Fall sein, wenn die Neigung, Informationen zurückzuhalten in der Abteilung stark entwickelt ist. Mangelnde Kontakt- und Kommunikationsfähigkeit hat zur Folge, dass die Gruppen sich fremd sind und dies umso mehr, je geringer die Kontaktfähigkeit entwickelt ist. Je unvertrauter und fremder sich die Gruppen sind, desto größer ist die Wahrscheinlichkeit, dass sich bei den einzelnen Gruppenmitgliedern, d. h. den Revisoren falsche und negative Fremdbilder entwickeln, die wiederum die Konflikthäufigkeit steigern.

6.1.4

Frage:
Wie hoch ist die Wahrscheinlichkeit, dass es zu häufigen Konflikten kommt, wenn die IR und andere prüfende Abteilungen in verschiedenen Hierarchieebenen installiert sind?

Antwort:
Lt. Naase (1978) ist es oft nicht einfach, eine adäquate Kommunikation zwischen voneinander isolierten Ebenen herzustellen. Wegen der bestehenden sozialen Distanz zwischen den Ebenen steigt die Wahrscheinlichkeit von Kommunikationskonflikten. Konflikte entstehen auch, weil jede Ebene ihre Angehörigen mehr oder weniger stark

zu spezifischen Zielsetzungen, Erwartungen und Problemsichten zwingt. Es ist zu erwarten, dass Mitglieder der einen Ebene sich weder mit Personen der anderen Ebenen besonders identifizieren noch deren Wahrnehmungen und Einstellungen teilen. Nicht nur, dass Personen, die unterschiedlichen Ebenen angehören, voneinander abweichende Wahrnehmungen und Einstellungen haben, sie treten auch als Interessensgruppen auf, da sie um Status und Prestige konkurrieren.

6.1.5

Frage:
Kooperation und Konkurrenz erfahren eine gesellschaftliche Bewertung, indem die Kooperation begrüßt und die Konkurrenz geächtet wird. Wie kann zwischen der IR und der Controlling-Abteilung eine Kooperation erreicht werden?

Antwort:
Wimmer/Neuberger (1981) verweisen auf die Entwicklung von Regeln und Programmen, die die differenzierte Vielfalt integrieren. Auf diese Weise wird eine personenunabhängige Dauerregelung angewendet, die erwartungsgetreues Handeln aller garantiert und die Berechenbarkeit der Interaktionen für den Entscheidungsträger einer Org sichern soll. Dazu zählt auch eine Technisierung, d. h. das Herstellen objektiver Bedingungen, die eine Verbindung der Einzelaktivitäten gewährleisten, etwa durch eine entsprechende Ablauforganisation oder durch bestimmte Kommunikationsmedien. Ganz wichtig sind auch personale Maßnahmen, die auf zweierlei Weise organisiert sein können. Einmal, indem einzelnen Abteilungen bzw. Personen Verantwortung und Befugnisse übertragen werden. Zum anderen, indem versucht wird,

in allen Beteiligten kooperative Auffassungen und Werthaltungen zu verankern und kooperatives Verhalten einzuüben und zu belohnen.

6.1.6

Frage:
Sowohl für die IR als auch für das Controlling gilt, dass entsprechend ihrer Bedeutung ihre hierarchische Einordnung so hoch wie möglich, jedoch voneinander unabhängig, zu erfolgen hat. Ist daraus der Schluss zu ziehen, dass jegliche Zusammenarbeit zwischen IR und Controlling abzulehnen ist?

Antwort:
Bei der IR und der Controlling-Abteilung handelt es sich um zwei hochqualifizierte Abteilungen, die der obersten Unternehmensleitung bzw. Dienststellenleitung zu unterstellen sind. Durch eine gezielte Steuerung der Zusammenarbeit wird die Erreichung der Organisationsziele gefördert. Zünd (1973) kann sich gut vorstellen, dass je nach Aufgabenstellung unter Federführung eines der beiden Bereiche Spezialwissen des jeweils anderen Bereiches eingebracht werden kann. Eine sehr intensive Form der Zusammenarbeit kann durch die Bildung von Projektgruppen erfolgen, um durch verstärkten Informationsaustausch einerseits die reiche Erfahrung der IR bezüglich geeigneter Problemlösungsmethoden dem Controlling zugutekommen zu lassen und anderseits der IR einen Einblick in aktuelle Aufgaben des Controllings zu geben.

6.1.7

Frage:
Wie sollten sich die Mitarbeiter einer IR psychologisch verhalten, wenn bekannt wird, dass externe Prüfer durch die Organisationsleitung beauftragt wurden, ein bestimmtes Objekt in der Org zu prüfen und die IR angewiesen wurde zu kooperieren?

Antwort:
Nechtelberger M./Nechtelberger A. (2009) vertreten die Meinung, wenn zwei Teams, die sich bisher nicht kannten, miteinander arbeiten, so existiert anfangs immer ein Gefühl der Unsicherheit und Fremdheit. Beide Gruppen befinden sich in einer Orientierungsphase. Wenn es in dieser Phase gelingt, durch verstärkte persönliche Kontakte, sei es durch Besprechungen oder eventuell auch durch halbberufliche Zusammentreffen beidseitig Vertrauen aufzubauen, so können durchaus persönliche Bindungen und Empathie entstehen. Doch trotz dieser Annäherung kann es möglicherweise – wie in jedem gruppendynamischen Prozess – zu einer Machtkampfphase kommen, denn sowohl die IR als auch das externe Prüfungsteam wird eigene Standpunkte vertreten und Abgrenzungen schaffen wollen. Zumeist entwickelt sich jedoch durch immer intensivere Zusammenarbeit der beiden Teams eine Atmosphäre der Vertrautheit und Kooperationsbereitschaft. Beide Gruppen sind gut beraten, abschließend jeweils einen Fragebogen bezüglich der Prüfungsvorgänge zu erarbeiten, um eine Selbstreflexion zu ermöglichen.

Als **Lessons learned** für zukünftige Teamarbeiten könnte ein kurzer Fragebogen für eine Selbstreflexion des Leiters der IR wie folgt aussehen:

- Wie waren meine Gefühle während der Besprechung, warum waren sie so?
- Habe ich meine Botschaften verständlich vermittelt?
- Habe ich stets die sachliche Ebene gewählt und keine persönliche Kritik geübt?
- Wie hat sich das eigene Team der Revisoren präsentiert?
- Konnte ich die Gruppe des externen Prüfers akzeptieren?
- War mir jemand persönlich sympathisch/unsympathisch, hat das mein Vorgehen beeinflusst?
- Wie bin ich mit Kritik umgegangen, wie haben die externen Prüfer reagiert?
- Welchen Eindruck könnten die externen Prüfer von der IR jetzt haben?

7. Meine Fragen zur sozialen Kompetenz als Brücke zwischen Revisoren und Geprüften und die in der Literatur gefundenen Antworten

7.1 Soziale Kompetenz

Langmaack (2004) vertritt die Meinung, dass soziale Kompetenz eng verbunden ist mit der Persönlichkeitsstruktur der Menschen, die in Interaktionen treten und gewisse Grundvoraussetzungen gegeben sein müssen. Jede soziale Kommunikation erlaubt, verbietet oder erfordert eine bestimmte Art und Weise des zwischenmenschlichen Umgangs und benötigt dazu ein Bündel ausgewählter sozialer Qualitäten. Manche Situationen lassen es von vornherein zu, eine Interaktion auf der persönlichen Ebene intensiv zu gestalten, während andere – besonders hierarchische – dazu kaum Gestaltungsmöglichkeiten bieten. In einer solchen Situation persönliche Nähe und damit Vertrauen zwischen den Personen herzustellen, kann durch den Einsatz von sozialer Kompetenz wie z. B. Empathie gelingen, indem vermieden wird, Konfliktthemen anzusprechen oder Aussagen des Gegenübers zu interpretieren. Die Situation richtig einschätzen zu können und entsprechend zu handeln ist ebenfalls ein Charakteristikum von sozialer Kompetenz und verlangt ein gewisses Maß an Einsicht und Weitsicht – bis dorthin ist es oft ein weiter Weg.

Soziale Kompetenz ist über die Bindung an Person und Situation hinaus immer nur eine Teilmenge von Handlungskompetenz im umfassenden Sinn, ergänzt durch Fach- und Sachwissen und strategisches Können. Menschen müssen den „Schlüssel" suchen, der andere Menschen „aufschließt", damit sie tragfähige Brücken von Mensch zu Mensch bauen können. Persönliches Können und soziale Verhaltensweisen sind solche Schlüssel, die bei der Arbeit, beim Lernen und besonders in konflikthaften Situationen das Zusammenleben und die gemeinsame Bewältigung von Problemen erleichtern.

7.1.1

Frage
Revisoren sind in ihrem Beruf von den Auswirkungen zwischenmenschlichen Handelns betroffen. Wie kann soziale Kompetenz aus der Sicht des Revisors umschrieben werden?

Antwort:
Lt. Langmaack (2004) kann soziale Kompetenz als aktive Beziehungsgestaltung gesehen werden

- zu mir selbst
- zu meinem Gegenüber und
- im Netz des Geschehens zwischen uns

Das bedeutet, sich auf einen komplizierten Prozess des gegenseitigen Verstehen-Wollens und reflektierten Beeinflussens einzulassen, was wiederum nur gelingen kann, wenn sich Revisor und Geprüfter durch Handeln und Reflexion eben dieses Handelns schrittweise einander annähern. Nur wenn in solchem Vorgehen das eigene Handeln und die eigene Sicht der Dinge verstanden und glaubwürdig dargelegt wird und die Sichtweise der Anderen gehört und akzeptiert wird, kann soziale Kompetenz als Qualität entstehen und fortbestehen.

7.1.2

Frage:
Kann soziale Kompetenz als ein Begriff mit einem definierten Inhalt festgelegt werden und wenn nein, warum nicht?

Antwort:
Soziale Kompetenz ist kein einmal festzulegender Begriff mit einem klar definierten Inhalt, sondern besteht aus einer Reihe von Bausteinen, die je nach Anforderung der Situation und der Erwartungen sowie Bedürfnisse der Beteiligten neu zusammengestellt werden. Will man soziale Kompetenz beschreiben, so könnte man folgende Bausteine benennen:

- Intuition
- Verbindlichkeit
- Empathie
- Feedback
- Nähe
- Distanz
- Respekt

Wird situativ eine einzelne soziale Kompetenz abgerufen, so spielen dabei immer auch andere Kompetenzen eine Rolle. Erst wenn Klarheit darüber besteht, was soziale Kompetenz in der jeweiligen Situation bedeutet und in welchem Kontext sie gebraucht wird, weiß man, worauf man achten muss.

Langmaack (2004) – angeregt durch mehrere Definitionen von Autoren, die sich mit diesem Begriff befassten – kommt zu folgender Formulierung: **Soziale Kompetenz ist ein Bündel von Fähigkeiten, um in sozialen Situationen auf der zwischenmenschlichen Ebene zu kommunizieren und zu kooperieren. Mit fachlichem und methodischem**

Können zusammen bildet soziale Kompetenz den Dreiklang, aus dem Handlungsfähigkeit entsteht. Alle drei zusammen werden eingesetzt, um eine erwünschte oder geforderte Wirkung unter Einbeziehung persönlicher und kollektiver Werte zu erzielen.

7.1.3

Frage:
Wann kann man sowohl als Revisor als auch als Geprüfter von „Qualität des Arbeitslebens" sprechen?

Antwort:
Qualität des Arbeitslebens ist mehr als materielle Existenzsicherung, Schutz der Gesundheit, fachliche Weiterbildung und berufliche Entwicklungsfähigkeiten. Seine wirkliche Qualität erhält das Arbeitsleben erst dann, wenn es in eine soziale Qualität eingebettet ist, wenn persönliche Anerkennung, Dispositionsspielräume im Denken und Handeln sowie die Beteiligung an Entscheidungen bestätigen, dass der Einzelne als Mensch ernst genommen wird und in der jeweiligen Gruppe wichtig ist. Soziale Kompetenz ist nicht mit „Nett-Sein" erreicht, jedenfalls nicht, wenn dieses Nett-Sein als zweckorientierte Freundlichkeit oder als bequemer Kompromiss daherkommt. Soziale Kompetenz setzt die Beziehung zu den Menschen an die erste Stelle, ohne dabei den Zweck der Zusammenarbeit aus den Augen zu verlieren.

7.1.4

Frage:
Durch welche Ursachen kann der zwischenmenschliche Kontakt zwischen Revisor und Geprüften von Anbeginn gestört sein, wodurch es dem Revisor nur schwer gelingt, das Vertrauen des Geprüften zu erlangen?

Antwort:
Ursache für ein bereits im Vorfeld gestörtes Verhältnis zwischen dem Revisor und dem Geprüften kann sein, dass der Geprüfte seinerseits ein schwieriges und konfliktreiches Verhältnis zu seinem eigenen Vorgesetzten hat, was sich dann auch auf die Beziehung zu externen Beteiligten auswirkt. Zwischenmenschlicher Stress macht stumm und verstummte Menschen kommunizieren nicht aktiv. Grundsätzlich beeinflussen auch einzelne Ereignisse im Leben von Prüfern und Geprüften deren Befindlichkeit ganz wesentlich: Störungen aber auch Highlights sowohl im Arbeitsbereich als auch im Privatleben haben große Auswirkungen: sie belasten oder beflügeln den Menschen und schaffen im positiven Fall erhöhte Arbeits- und Lebenszufriedenheit. Die Erwartungen an den eigenen Lebensverlauf haben sich in den letzten Jahren verändert und der Wunsch nach Lebenszufriedenheit geht bei Männern wie Frauen mit der Überzeugung einher, dass beim Karrierebegriff nicht mehr der Weg steil nach oben gemeint sein kann – und schon gar nicht in kürzester Zeit – sondern dass das Leben mehr und mehr als ein Werdegang gestaltet werden soll, in dessen Verlauf neben Können auch die persönliche Handlungsfähigkeit wächst und zu Zufriedenheit führt. Dieses geschieht mit dem Wachsen von sozialen Kompetenzen.

7.1.5

Frage:

„Werte kann man nicht theoretisch vermitteln, Werte muss man leben", schreibt Viktor Frankl zum Umgang mit Werten und Bewertungen. Warum wird ein Revisor während einer Revision eher Zugang zu einem Geprüften finden, wenn er sich Grundhaltungen zur Wertehaltung macht?

Antwort:

Lt. Langmaack (2004) wird der Revisor umso leichter Zugang zu dem Geprüften finden, wenn er sich auf seine sozialen Kompetenzen besinnt und sich folgende vier Grundhaltungen zur Wertehaltung macht:

- **Aufmerksamkeit für andere**
  Jeder Mensch möchte „als Mensch" gesehen und beachtet werden und nicht nur als Namenloser oder als Kostenfaktor. Nur wer am anderen ehrliches Interesse zeigt, kann Einfluss nehmen auf den gemeinsamen Prozess. Nur der kann auch erwarten, dass ihm selbst Aufmerksamkeit geschenkt wird.
- **Achtung vor jedem anderen**
  Respekt gegenüber dem, was dem anderen unverzichtbar ist bzw. dem anderen viel bedeutet, ist eine Voraussetzung zum Gedeihen von Kommunikation.
- **Anerkennung geben**
  Jeder kann aus eigener Erfahrung nachvollziehen, wie wertvoll Anerkennung von Leistung ist. Aber auch wenn die Leistung einmal nicht so gut ausfällt, trotzdem möchte die Person als solche Anerkennung finden. Das fördert den Mut, die Sicherheit, bestätigt den eigenen Wert. Anerkennung ist der Motor, der zu Leistung antreibt und eine positive Einstellung anderen gegenüber fördert.

- **Aufrichtigkeit walten lassen**
  „Schönreden" kann zwar kurzfristig Erfolg bringen, auf Dauer lebt Kommunikation jedoch von der Aufrichtigkeit.

7.1.6

Frage:
Bei der Interaktion von Revisor und Geprüften kommt es – wie bei jeder menschlichen Interaktion – von der Wahrnehmung bis zu einer Aktion zu sekundenschnellen zwischenmenschlichen Vorgängen, die das weitere Geschehen bestimmen. Um welche zwischenmenschliche Vorgänge handelt es sich dabei?

Antwort:
Lt. Langmaack (2004) lassen sich diese Vorgänge folgendermaßen beschreiben: Es beginnt mit einer **Wahrnehmung**, ausgelöst durch das Gegenüber. Es folgt eine **Interpretation** des Wahrgenommenen, wodurch sich ein **Bündel an Gefühlen** einstellt (z. B. Angst oder Freude). Ein spontan formulierter **Entwurf einer Entgegnung** wird kreiert, der meist unausgeführt als Idee stehen bleibt: „Ich würde jetzt am liebsten …". In einem nächsten Schritt findet schließlich die faktische **Reaktion** statt: Ich tue etwas, sage etwas, handle.

Diese Abläufe sind nachvollziehbar, doch in einer Prüfungssituation ergibt sich dabei folgendes Problem: wenn verschiedene Menschen sich ein und denselben Sachverhalt ansehen, ist davon auszugehen, dass es unterschiedliche Wahrnehmungen gibt und somit einen Mangel an Eindeutigkeit. Diese selektive Wahrnehmung bedeutet, dass man ein Geschehen immer durch „die eigene Brille" sieht, durch den ganz persönlichen Filter, der ähnlich wie beim Fotografieren Bildteile ausblendet, andere erweitert oder im

Eindruck verändert. Sobald ein Mensch durch mehr oder weniger bewusste Wahrnehmung eine Art „Datenbank" von Fakten und vermeintlichen Tatsachen angelegt hat, verändert dies sein Bewusstsein. Ehe man sich versieht, sind aus dieser Wahrnehmung
- Gedanken und Deutungen
- Phantasien
- Interpretationen
- Vermutungen

geworden.

Manchmal können Gefühle spontan einen körperlichen Ausdruck hervorrufen, der sich gar nicht unterdrücken lässt. Ursprüngliche Gefühle wie Ärger, Trauer, Angst, Freude und Liebe mit ihren Ausdrucksformen sind in allen Variationen zu beobachten. Daraus folgende Reaktionen wie „Wenn ich könnte wie ich wollte" werden meist nicht in die Tat umgesetzt aufgrund von inneren Kontrollinstanzen, die das Handeln steuern, u.zw. Kontrollinstanzen

- der Erziehung: „So etwas sagt man nicht"
- der Norm: „Das entspricht nicht dem Stil meiner Org"
- der Angst: „Den Folgen werde ich nicht standhalten"
- der Ziele: „Was hilft mir am meisten zum Weiterkommen"

Am Ende dieses Kreislaufes, den Langmaack (2004) schildert, der dem Konzept des Minnesota-Programms zugrunde liegt, das Michael Paula Anfang der 70er-Jahre nach Deutschland brachte, findet die Re-Aktion, das **Handeln** statt, die sich an den Absender der ursprünglichen Nachricht wendet. Das Aufzeigen der Abfolge der einzelnen Vorgänge betont die soziale Verantwortung für das eigene Tun. Sowohl der Revisor als auch der Geprüfte müssen sich – um ein gemeinsames Handeln möglich zu machen – folgende Fragen stellen:

- Was trage ich bei, um die eigenen Wahrnehmungen zu überprüfen?
- Wie steuere ich die eigenen Gedanken und Gefühle, um zu einem gemeinsamen Bild mit dem anderen zu kommen?
- Wende ich bei der Interaktion zu wenige oder zu strenge Filter an?

Gemeinsames Handeln wird erst möglich, wenn sich jeder einzelne dafür verantwortlich fühlt, dass ein gemeinsames Verständnis entsteht.

7.1.7

Frage:
Warum sollte der Revisor es vermeiden, das Verhalten eines Geprüften vorschnell zu interpretieren, ohne ihn auf sein Handeln anzusprechen und sich Klarheit zu verschaffen?

Antwort:
Worte, Mimik und Gesten können dazu verleiten, wenig reflektierte Rückschlüsse über das Befinden des Beobachteten zu ziehen, sie falsch zu interpretieren und selbst Handlungen zu setzen, die in der Situation vielleicht nicht angebracht sind oder nicht notwendig wären. Sieht ein Revisor z. B. während seiner Befragung den Geprüften gähnen – schon wird eine Pause durch den Revisor angeregt, obwohl das bloße Öffnen eines Fensters zwecks Lüftung die Müdigkeit des Gähnenden beseitigt hätte, wenn er sich nur selbst dazu äußern hätte können. Anstatt das Verhalten des Gegenübers

zu interpretieren und daraus eine Handlung abzuleiten, wäre es angemessener, eine Frage bezüglich der eigenen Beobachtung zu stellen, etwa „Ich habe gesehen, dass sie gegähnt haben. Mir selbst könnte jetzt eine Pause auch ganz gut tun". Inadäquate Interpretationen erzeugen nicht nur Abwehr, sie unterbrechen auch den Prozess oder führen in eine ungewollte Richtung. Eine Anregung für den Revisor könnte lauten: „Geben Sie Worten und Handlungen anderer keine unreflektierte Bedeutung, sondern sprechen Sie nur Ihre Wahrnehmung aus". Eine persönliche Aussage des Revisors fördert meist eine persönliche Gegenreaktion des Geprüften und damit spontane Interaktion.

7.1.8

Frage:
Es kann vorkommen, dass ein Revisor bei einem Interview mit einem zu prüfenden Sachbearbeiter feststellen muss, dass dieser sich mit einer Problemlage gar nicht befassen möchte und daher ein Gespräch darüber vermeiden will. Welche Möglichkeiten stehen dem Revisor offen, um hier gegenzusteuern und eine Aufgabe der Blockadehaltung des Geprüften zu bewirken?

Antwort:
Wenn ein Mitarbeiter einer Gruppe sich mit einem Problem – sei es ein sachlich-inhaltliches oder im emotionalen, zwischenmenschlichen Bereich liegendes – nicht befassen will, dann wird er eine Abwehrhaltung an den Tag legen. Lt. Langmaack (2004) gibt es dafür verschiedene Gründe, die aber alle von Angst und Widerstand geleitet scheinen. Gerade bei Problemen im persönlichen Bereich häufen sich die sogenannten Vermeidungsstrategien. Solange der Mensch von Angst blockiert ist, wird er „gefährliche" Situationen

meiden und alles dafür tun, dass eine Konfrontation nicht stattfinden kann. Es kann vorkommen, dass Abteilungen ihre eigenen Vermeidungsstrategien entwickelt haben. Alle Mitarbeiter wissen davon, jeder hält sich daran, niemand spricht darüber. Für den Revisor bedeutet das Unklarheit über die zugrunde liegenden Ursachen eines Problems und in der Folge eine empfindliche Einschränkung seiner Ermittlungen, d. h. letztlich Zeitverlust im Prozessfortgang. Zur Beendung dieses „Stillstands" ist es die Aufgabe des Prüfungsleiters, ein Gespräch mit dem Leiter der geprüften Stelle zu suchen, um Schritte zur Auflösung der Blockadehaltung der Geprüften festzulegen. Danach sollte ein Gespräch zwischen dem RT mit dem Leiter der geprüften Stelle und all seinen Mitarbeitern stattfinden, wobei gemeinsam sowohl auf die beobachteten Abwehrmechanismen als auch auf die vermiedenen Themen eingegangen werden sollte, um so die angstbesetzten Situationen aufzulösen.

7.1.9

Frage:
Der Revisor ist bei Revisionsdurchführungen mit einer Flut von Informationen konfrontiert, die es zu hinterfragen gilt. Warum ist das Hinterfragen von Informationen für den Revisor trotz des großen Zeitaufwandes ein Schlüssel zum Handeln?

Antwort:
Für den Revisor ist das kritische Denkvermögen und das kritische Infrage-Stellen, welches die vielen Informationen – das Know-what – nicht einfach hinnimmt und verwendet, sondern sie durch Ordnen, Gewichten und Aussondern erst verwertbar macht und sie damit in Know-how umwandelt äußerst wichtig. Dazu ist ein erhöhtes Maß an

Unterscheidungs- und Kritikfähigkeit nötig. Das Resultat seiner Auswertungen muss allerdings immer mit den anderen Prüfungsteammitgliedern abgestimmt werden. Fachliches Wissen muss sich dabei verbinden mit sozialer Kompetenz, denn die hier angesprochene Vorgangsweise gelingt in schwerwiegenden Entscheidungssituationen vor allem dann, wenn Interesse und Toleranz, ergänzt durch gesunde Skepsis die Wegweiser von Revisor und Geprüften sind. Kritisches Denken heißt komplexe Zusammenhänge zu analysieren und für das Revisionsergebnis zu abstrahieren.

Langmaack (2004) meint, kritisch denken heißt nicht, Fehler zu suchen oder die Vorgehens- und Entscheidungsweise des jeweiligen Systems und seiner Beteiligten ständig zu kritisieren und in Frage zu stellen. Kritisch denken darf nicht mit Nörgeln oder Besserwisserei verwechselt werden, sondern dient allein der Auswahl dessen, was vom Revisor oder vom RT für eine Revision gebraucht wird.

Die Anstrengung des kritischen Denkens und Fragens erfordert allerdings eine Reihe von Voraussetzungen, die zu erlernen sind:

- Kritisches Denken erfordert zunächst Zeit, Geduld, Ausdauer und Offenheit für ungewöhnliche Ideen. Mit dem Überfliegen von Texten, Gedanken und Ideen anderer ist es nicht getan. Man muss sich einlassen! Das ist das Soziale am Denken überhaupt.
- Kritisches Denken gibt sich nicht mit einer schnellen und womöglich einfachen Lösung zufrieden, nicht mit der eigenen als Revisor und nicht mit der fremden des RT: der Revisor muss sich Geduld abfordern. Kurzfristigem Entscheiden muss abgeschworen werden.

- Kritisches Denken heißt selbstkritisch denken. Eine nützliche Frage in diesem Zusammenhang kann lauten: „Stehe ich mit meinen Vorurteilen oder meinen Informationsfragmenten einem gemeinsamen Entscheidungsprozess im Wege, wenn ja: wo und wie? Bin ich selbst Teil der stagnierenden Fortentwicklung?"
- Wissen und aktuelle Informationen müssen mit dem RT abgeglichen werden. Hier ist Risikofreude gefragt. Der Revisor darf sich nicht scheuen, rhetorische Tricks aufzudecken und die Gedanken anderer in Frage zu stellen.
- Kritisches Denken steht vor kritischem Handeln. Gemeinschaftlich getroffene Entscheidungen müssen in Handlung umgewandelt und gegen Kritik vertreten werden.

7.1.10

Frage:
Vor einem Interview genügt ein kurzer Blickaustausch von Revisor und Geprüftem und Sympathie oder Antipathie bestimmen das weitere Verhalten. Was gilt es zu beachten, damit die Interaktion angenehm verläuft und ein gutes Revisionsklima entstehen kann?

Antwort:
Schon bei einem ersten Blickkontakt wird – ohne dass beide Personen sich dessen bewusst sind – ein Urteil über den anderen gefällt, das im weiteren Gesprächsverlauf ihr Verhalten beeinflussen wird. Kommt es in dieser Situation zu einer unreflektierten Ablehnung der anderen Person, so verläuft das Gespräch kühl und die gezeigte Höflichkeit wirkt distanziert. Wenn jedoch der Revisor den Geprüften vom ersten Augenblick an sympathisch findet, ihn also „mag", so sieht er – ebenso unreflektiert – sein Tun in einem positiven Licht und findet rascher Gründe dafür, warum auch etwaige

Fehler nicht so schlimm sind. Auf beiden Seiten entstehen in Sekundenbruchteilen gegenseitige Einschätzungen und Gedanken wie z. B.

- „Der ist bei mir unten durch, basta!"
- „Wenn ich dieses Gesicht schon sehe, ..."
- „Der sieht sympathisch aus, da wird es keine Probleme geben!"
- „Der sieht freundlich aus, warum sind nicht alle so!"
- „Man sieht die guten Manieren, stammt wohl aus einem guten Elternhaus ..."

Grund für die jeweiligen Antipathie- und Sympathiegefühle sind zumeist unbewusste Gleichsetzungen mit einer Autoritätsperson aus der eigenen Vergangenheit oder Vergleiche mit erfolgreichen Menschen, die in der einen oder anderen Weise als Erfahrungswerte mitschwingen. Um in einer Prüfungssituation ein angenehmes Gesprächsklima zu schaffen, müssen beide Gesprächspartner darauf achten, einen unreflektierten Automatismus zwischen der Wahrnehmung einiger weniger Merkmale – andere werden ausgeblendet – und der Bewertung der ganzen Person zu vermeiden. Denn dieser Automatismus ist verantwortlich für die rasche Einstufung des Anderen, aus der es kein Entrinnen gibt. Dabei stellt Sympathie den Blickwinkel ebenso auf „eng" wie Antipathie. Durch Enge aber entsteht Einseitigkeit und diese wiederum verhindert Interaktion. Im Rabl, insbesondere bei einem Gespräch zwischen einem Revisor und einem Geprüften muss der Revisor – um das Revisionsklima nicht zu gefährden – sich dieser Tatsachen bewusst sein und aus der Unreflektiertheit heraustreten. Sympathie und Antipathie verlangen Reflexion. Dabei kann es hilfreich sein, wenn sich der Revisor ehrliche Antworten auf folgende Fragen gibt:

- Warum mag ich ihn nicht oder was stört mich so an ihm? Hat es mit seinem Verhalten zu tun, mit seinen Einstellungen oder sind es „alte Bilder", die sich vor meine aktuelle Situation schieben?
- Welche Vorverurteilungen schleichen sich hier ein?
- Welche neue Chance will ich dem Geprüften und mir als Prüfer geben, um die Beziehung zu verändern, damit ich zu einem unverstellten Blick gelangen kann?

Sollte der Revisor hier befriedigende Antworten gefunden haben, dann ist aus einer ursprünglich unreflektierten Haltung ein Schritt in Richtung Toleranz und realistischer Wahrnehmung getan.

7.1.11

Frage:
Warum ist die Fähigkeit zur Empathie für einen Revisor so wichtig, d. h. dass er verbales und nonverbales Verhalten eines Geprüften richtig einschätzen und Verständnis für dessen Handlungsweise aufbringen kann?

Antwort:
Empathie ist Grundlage und Voraussetzung für jede Kommunikation, in der Menschen den Willen haben, sich gegenseitig ernst zu nehmen und Verständnis füreinander zu entwickeln. Empathie darf jedoch nicht dahingehend verstanden werden, dass man für alles Verständnis haben und darüber hinaus auch alles verzeihen muss. Das wäre falsch verstandenes Mitleid, welches unreflektiert für soziale Kompetenz gehalten werden könnte. Der Revisor muss über das Einfühlen und Mitgehen im Gedanken- und Gefühlsstrom des Geprüften seine eigenen Reaktionen so

steuern, dass sie für den Geprüften hilfreich sind und das Gespräch nicht negativ beeinflussen. Dazu gehört Sensibilität sowie Geschicklichkeit im Ansprechen der einzelnen – evtl. kritischen – Punkte und vor allem der Wille zum Verstehen des anderen. Um sich empathisch in die Lage des Geprüften hinein zu fühlen, muss der Revisor versuchen, so genau wie möglich den inneren Bezugsrahmen des Geprüften zu erfassen und sich die Frage nach der Bedeutung stellen, die dieses oder jenes Erlebnis oder Verhalten für ihn hat. Wirkliche Empathie entsteht erst aus dem Zusammenspiel von Wahrnehmen der Befindlichkeit des Gegenübers, sich Einfühlen, Phantasien entwickeln, fremdes Erleben bei sich selbst zulassen und Nachfragen.

7.1.12

Frage:
Welche Schlüsse sollte ein Revisor daraus ziehen, wenn er sich eingestehen muss, dass er bei seinen Revisionen im Kontakt mit zu prüfenden Personen Gewohnheiten gezeigt hat, die letztlich einen erfolgreichen Rabl verhindert haben?

Antwort:
Langmaack (2004) meint, dass der Mensch beim Erlernen sozialer Kompetenz automatisch auf Vorbilder zurückgreift – auf solche, mit denen er selbst positive zwischenmenschliche Erfahrungen gemacht hat oder durch Beobachten seiner eigenen Umwelt. Forschungsergebnisse haben gezeigt, dass nicht nur Wissen und Fertigkeiten, sondern ebenso Verhaltensweisen während des ganzen Lebens gelernt und verändert werden können, auch wenn der Prozess langwierig ist.

Für den Revisor ist folgendes wichtig: Das Lernen von neuen sozialen Kompetenzen heißt immer auch Eingestehen von derzeitigem Unvermögen und Abschiednehmen von bekannten Gewohnheiten, mit denen man wenig Erfolg hatte. Es muss ein Prozess ausgelöst werden, in dem der Revisor sich dessen bewusst wird, in welcher Weise er Auslöser und Mitgestalter von zwischenmenschlichen Prozessen ist. Er erkennt seine eigene Rolle, die Rolle der anderen und die Wechselwirkung von beiden. Wie und wo neue soziale Kompetenzen bzw. Kommunikation erlernt werden können, ergibt sich für den Revisor auch durch seine tägliche Arbeit. Beim „Training on the job" sollte der Revisor auf den Erfahrungen aus der eigenen Sozialisation sowie auf dem aktuellen Beziehungsgeschehen aufbauen und das daraus resultierende Feedback auswerten.

Vor diesem Hintergrund ergibt sich ein Konzept mit drei Schwerpunkten: Wissensvermittlung, Praxisbegleitung und Angeleitetes Training. In einem Schema ausgedrückt kann das so wie auf der folgenden Seite aussehen:

Eigene Sozialisation mit biographischen Daten
als Ausgangspunkt oder Grundlage

Wissensvermittlung
Literatur
Studium
Konzepte

Angeleitetes Training
Seminare
Übungen
Rollenspiele
Videofeedback

Aktuelle Situation des lernenden Revisors
Begleitende Praxis
Coaching
Supervision
Erfolg, Misserfolg
und seine Auswertung

Persönliche Entwicklung
Bewusstmachen und Prüfen
– des Selbstkonzeptes
– der Werteeinstellung
– der Kommunikationsmuster
– des sozialen Handelns
– der Reaktion auf das Umfeld

Kontinuierliche Begleitung
Kontinuierliches Lernen

Quelle: Langmaack (2004)

8. Meine Fragen zu den Anforderungs- und Eignungsschwerpunkten des Berufes Interner Revisor und die in der Literatur gefundenen Antworten

8.1 Anforderungs- und Eignungsschwerpunkte

Es steht außer Frage, dass das Anforderungsprofil an einen Revisor sehr anspruchsvoll ist. Sieht man sich eine Stellenausschreibung für einen Internen Revisor in der öffentlichen Verwaltung genauer an, so wird man erkennen, dass umfassende Kenntnisse in den Bereichen des Rechts und der Betriebswirtschaft gefragt sind. Hinzu kommen noch besondere Eignungen wie Kooperations- und Kommunikationsfähigkeiten, sowie (sehr) gute EDV-Kenntnisse und sprachliche Artikulationsfähigkeit. Die Anforderungen an einen Revisor sind im Laufe der Zeit beträchtlich gestiegen, bedingt durch die unterschiedlichen Tätigkeiten, die von ihm erwartet werden und durch die rasante Entwicklung im Bereich der EDV. Ist in einer Stellenausschreibung auch langjährige Erfahrung erwünscht und ein Bewerber kann eine einschlägige berufliche Praxis vorweisen, so wird dies für ihn von Vorteil sein, denn erst das Zusammentreffen einer umfassenden Ausbildung mit der praktischen Erfahrung bestimmen die „Qualität" eines Revisors. Bringt der Bewerber darüber hinaus auch psychologische Fähigkeiten mit, so hat er durch seine sozialen Kompetenzen die besten Voraussetzungen für eine gelungene zwischenmenschliche Interaktion mit den Geprüften in nicht immer einfachen Prüfungssituationen.

Korndörfer/Peez (1981) verweisen auf eine Umfrage, in der Revisionsleiter von verschiedenen Firmen befragt wurden, welche Persönlichkeitsmerkmale ihrer Meinung nach als „sehr wichtig" angesehen werden können. Von 17 in der Befragung vorgegebenen Persönlichkeitsmerkmalen, die nach verbreiteter Literaturmeinung den idealen Internen Revisor kennzeichnen, wurden immerhin 13 Persönlichkeitsmerkmale von mehr als der Hälfte der Revisionsleiter als „sehr wichtig" angesehen:

- Fähigkeit zur kritisch-neutralen Analyse mit Sinn für Systematik, logisch-analytisches Denkvermögen, gutes präzises Gedächtnis, konstruktive Kritik (87 %)
- Objektivität und Unbestechlichkeit (84 %)
- Engagement und zielbewusste Arbeit (78 %)
- unbedingte Verschwiegenheit (75 %)
- Durchsetzungsvermögen (73 %)
- Verhandlungsgeschick (71 %)
- ausgeprägter Sinn für betriebliche Zusammenhänge, Denken in Zusammenhängen (70 %)
- Charakter, Persönlichkeit, Verantwortungsbewusstsein, Aufrichtigkeit, Toleranz (63 %)
- guter mündlicher und schriftlicher Ausdruck (61 %)
- Fähigkeit, sich in jede Frage leicht einarbeiten zu können, Flexibilität (59 %)
- Sorgfalt, Gewissenhaftigkeit (56 %)
- gute Auffassungs- und Beobachtungsgabe (55 %)
- Bereitschaft zur permanenten Fortbildung (55 %).

Ganz generell lässt sich sagen – wie auch Blickle (2008) ausführt –, dass im Gegensatz zu einem Job berufliche Erwerbsarbeit auf Dauer angelegt ist. Wer eine Erwerbstätigkeit als **Beruf** ausüben möchte, strebt ein unbefristetes Beschäftigungsverhältnis an. Der Beruf kann auch über einen

Wechsel des Arbeits- bzw. Dienstgebers hinweg kontinuierlich ausgeübt werden. Dies bedeutet, dass es innerhalb eines Berufes auch Möglichkeiten des Aufstiegs und Verbesserungen der eigenen Qualifikationen sowie eine Zunahme der persönlichen Verantwortung gibt. Die berufliche Tätigkeit ist ein Teil der persönlichen Identität. Personen wählen einen Beruf und engagieren sich in einer beruflichen Tätigkeit, um damit die Vorstellungen, die sie von sich selbst und ihrer sozialen Rolle haben, verwirklichen zu können, d. h. der Beruf bestimmt den sozialen Status einer Person.

8.1.1

Frage:
Durch die geänderten Anforderungen an die Tätigkeiten eines Revisors hat in den vergangenen Jahren innerhalb einer IR ein psychologischer Entwicklungsprozess stattgefunden. Welche Eigenschaften wurden dem Berufsbild des Revisors in früheren Jahren zugewiesen, die heute in einer RA unerwünscht sind?

Antwort:
Grupp (1986) verweist auf folgende Eigenschaften:

- der Revisor agierte in der Rolle eines Polizisten im Unternehmen
- seine Aufgabe bezog sich ausschließlich auf die Überwachung der Ordnungsmäßigkeit
- er galt als kleinlich und prüfte detailliert die Einhaltung von Formalismen
- er beschränkte sich auf die Revision der Vorgänge von „gestern"
- sein Erfolg bestand darin, anderen Fehler nachzuweisen

- er verfügte über einen „heißen Draht" zur Geschäftsleitung, auf den er ständig verwies
- er hielt sich selbst für unfehlbar – Fehler machten nur andere

Der Revisor früherer Tage hielt sich streng an die Anweisung: Prüfe nur abgeschlossene Vorgänge! Die Kontrolle laufender Vorgänge war nicht vorgesehen, obwohl er auf diese Weise unter Umständen Fehlentwicklungen hätte verhindern können. Auch die Wirtschaftlichkeit eines organisatorischen Ablaufs lag außerhalb seiner Interessensphäre, konstruktive Hinweise in Revisionsberichten waren selten. In der Vergangenheit waren Revisoren fast ausschließlich im Finanz- und Verwaltungsbereich tätig, technische Abteilungen blieben außerhalb des Einflussbereiches der IR.

8.1.2

Frage:
Welche wesentliche Veränderung im Berufsbild des Internen Revisors liegt nach Grupp (1986) vor?

Antwort:
Die wesentliche Veränderung im Berufsbild des Internen Revisors liegt in der Erweiterung seines Gesichtskreises in drei Richtungen:

- die Ordnungsmäßigkeitsprüfung wird überwiegend als zusätzliche Überprüfung des IKS angesehen und nicht mehr als eine ausschließlich formalistische Einzelfallprüfung
- die Prüfung der Ordnungsmäßigkeit wird erweitert um die Prüfung der Wirtschaftlichkeit und Zweckmäßigkeit

der vorhandenen Aufbau- und Ablaufsysteme (Systemprüfung)
- neben der Revision in den kaufmännischen Bereichen tritt die Prüfung der technischen Unternehmensbereiche

8.1.3

Frage:
Wenn von einer Erweiterung des Gesichtskreises eines Revisors gesprochen wird, wie stellt sich das geänderte Charakterbild des Revisors nach Grupp (1986) dar?

Antwort:
Mit diesen Schlagworten sollte man heute den Internen Revisor charakterisieren können:

- Partner
- Ideenfunktion
- Beraterfunktion
- Problemorientierung
- Risikoanalytiker
- Kontrollspezialist
- Vorbeugende Prüfung
- Koordinator
- Kostenfachmann
- Motivator
- Kooperative Gesinnung
- Systemspezialist
- Wirtschaftlichkeit
- Konstruktiver Kritiker
- Mensch mit Fehlern und Schwächen

Die geänderte Auffassung lässt sich mit der heutigen Zielsetzung des Internen Revisors gegenüber den Geprüften so ausdrücken: „Wie können wir gemeinsam das System so gut machen, dass nichts passieren kann und wir eine von den Mitarbeitern und der Unternehmensleitung akzeptierte Arbeitsleistung und Arbeitsqualität erzielen?"

8.1.4

Frage:
Grupp (1986) zeigt in seiner Kurztypologie der Revisoren auf, dass es auch unter den Revisoren" solche und solche" gibt. Welcher Typ von Revisor ist für eine Revisionsdurchführung ungeeignet?

Antwort:
Da wäre zunächst **der joviale Positivist**. Er kann nur durch Zufall in die RA geraten sein, denn seine Lebensauffassung, auch mal 5 gerade sein zu lassen, passt nicht zum Wesen eines Revisors. Nicht dass ihm Fähigkeiten eines guten Prüfers abgehen würden, aber er nimmt das Prüfen nicht allzu ernst, schwierige Prüfungshandlungen kommen oft zu kurz. Ebenso ungeeignet erscheint **der Besserwisser**. Hier sind zwei Arten zu unterscheiden: solche, die es tatsächlich sind und andere, die es annehmen. Beide zeichnen sich durch Überheblichkeit aus und glauben, damit ihrer Rolle als Revisor gerecht zu werden. Besserwisserei ist oft ein Übel jüngerer Revisoren. Manche sind in der Lage, diese Eigenschaft im Laufe der Zeit abzulegen – wenn nicht, schaden sie dem Ruf der IR mehr als sie ihr nützen. Völlig ungeeignet wird **der Pedant** bezeichnet. Typische Pedanten findet man häufig unter den Revisoren der alten Schule, den „Abhakspezialisten". Ihr spezielles Feld ist die sich routinemäßig wiederholende Prüfung des Finanzbereiches geblieben. Der

Pedant pflügt nicht tief, neue Ideen sind von ihm nicht zu erwarten, dafür hält er sich an kleinen Formfehlern fest. Mit dem Pedantentyp kann eine moderne RA nichts mehr anfangen. Sein Prüfungserfolg ist minimal, er sollte so schnell wie möglich in eine Linienabteilung bzw. Fachabteilung versetzt werden.

8.1.5

Frage:
Wenn es unter den Revisoren „solche und solche" gibt, welche Typen gibt es laut Grupp (1986) noch und inwieweit sind sie als Revisor geeignet?

Antwort:
- **Der Streber** kniet sich außerordentlich tief in die Materie hinein und geht den Dingen oft zu sehr auf den Grund. Er (allein) sieht, wie groß der Unterschied zwischen dem Ist-Zustand und dem von ihm angestrebten Ideal-Zustand ist. Er ist der Auffassung, dass die ganze Org ohne sein ständiges Eingreifen und Mahnen in Kürze zusammenbrechen müsse. Er kann sich so sehr in ein Problem „verbeißen", dass er andere Punkte nur noch flüchtig prüfen kann. Der Streber bohrt so lange, bis er einen negativen Punkt gefunden hat: denn er glaubt, dass er dies der Org und sich selbst schuldig ist. Sein übersteigender Einsatz verschafft ihm in den geprüften Stellen zwar einen gewissen Respekt, aber keine Freunde. **Fazit**: Der Strebertyp ist für die Prüftätigkeit nicht ungeeignet, reibt sich aber zu schnell auf und kann die ganze Abteilung in Verruf bringen.
- **Der Routinier** ist seit Jahren im Fach, kennt alle Tricks und weiß, wie man eine Prüfung zweckmäßig anpackt

und abwickelt. Ihm kann keiner ein X für ein U vormachen. Er glaubt, alles zu wissen und stellt so eine Gefahr für den Erfolg einer Revision dar, weil er nicht aufgeschlossen genug ist gegenüber neuen Prüfungsideen und Methoden – seine Prüfungserfolge reichen meist nicht über den guten Durchschnitt hinaus. **Fazit**: Dem Routinier sollte gelegentlich durch einen zeitweiligen „Tapetenwechsel frisches Blut zugeführt" werden, sei es durch einen Sondereinsatz in der RA, sei es durch Mitwirkung als prozessunabhängiger Berater an einem Organisationsprojekt.

- **Der Systematiker** hat mit dem Streber den Tiefgang und die Problemorientierung gemein. Darüber hinaus zeichnet er sich aber durch eine exakte Vorgehensweise aus. Prüfungsplanung wird bei ihm großgeschrieben. Er übersieht auf diese Weise kaum einen Einzelpunkt. Doch ist er dadurch oft nicht flexibel genug, um aufgedeckte Schwachstellen ganz auszuloten und notfalls Kleinigkeiten links liegen zu lassen. **Fazit**: Der Systematiker gehört zum besseren Drittel des Personals der RA. Bei ausreichender Betriebspraxis kann er sich zu einem Spitzenprüfer heranbilden.
- **Der Managertyp** – ihn findet man in der RA eines Unternehmens höchst selten. Sein Blick ist auf das Wesentliche gerichtet. Er verfolgt festgestellte Fehler und Nachlässigkeiten nur dann, wenn sie wirklich negative Auswirkungen haben. Für die Durchführung von Formalprüfungen ist er nicht gern zu haben. Er ist hier leicht zu großzügig. Für Pfennigbeträge hat er ohnedies nichts übrig. **Fazit**: Gepaart mit ausreichender Systematik und entsprechendem Fachwissen ist der Managertyp der ideale Prüfer.

8.1.6

Frage:
Oszwald (1991) bezieht sich auf die Theorien des Humanismus sowie der Psychoanalyse, in deren Mittelpunkt der Mensch steht und zeigt auf, dass im „Leben einer Org" ohne Zweifel auch die Prüfungsdurchführung dazugehört. Warum wird ein Zusammenhang zwischen IR, Psychoanalyse und Humanismus hergestellt?

Antwort:
Oszwald verweist auf ein unveröffentlichtes Manuskript von Hofmann zum Thema „Charakter und Beratung", das sich mit der Beziehung Berater-Klient auseinandersetzt. Seine zentrale Aussage ist, dass der Erfolg eines Beratungsauftrages wesentlich von der gelingenden menschlichen Beziehung zwischen den Beteiligten abhängt. Oszwald zeigt auf, dass in Analogie zu dem für die Beratung Gesagten gleiches auch für die Prüfungsbeziehung gilt. Scheitert der Versuch, ein positives Arbeitsverhältnis herzustellen, das auf einer gelungenen menschlichen Beziehung beruht, kann auch der fachliche Inhalt nicht erfolgreich umgesetzt werden. Dadurch erlangt die menschliche Dimension erhebliche Bedeutung. Wissen um Charaktere, deren Eigenschaften und wie sich diese in der Interaktion auswirken, berühren das Gebiet der Psychologie bzw. Psychoanalyse und sind die fundamentale Basis für eine erfolgreiche Durchführung einer Revision.

8.1.7

Frage:
Wovon hängt es ab, ob ein Mensch Eigenschaften entwickelt, die notwendig sind, um eine erfolgreiche Beziehung zu einem anderen Menschen aufbauen zu können?

Antwort:
Erikson (1966) hat das Stufenmodell der psychosozialen Entwicklung entworfen, welches aus acht Stadien besteht. Er beschreibt in diesem Stufenmodell die psychosoziale Entwicklung des Menschen. Diese entfalte sich im Spannungsfeld zwischen den Bedürfnissen und Wünschen des Kindes als Individuum und den sich im Laufe der Entwicklung permanent verändernden Anforderungen der sozialen Umwelt.

Jedes der acht Stadien stellt eine Krise dar, mit der sich das Individuum aktiv auseinandersetzt. Die erfolgreiche Bewältigung einer Entwicklungsstufe liegt in der positiven Klärung des Konflikts. Sie ist für die Bewältigung der nächsten Phase zwar nicht unbedingt erforderlich, aber hilfreich. Die vorangegangenen Phasen bilden somit das Fundament für die kommenden Phasen. Angesammelte Erfahrungen werden verwendet, um die Krisen der höheren Lebensalter zu verarbeiten. Dabei wird ein Konflikt nie vollständig gelöst, sondern es bleibt ein Leben lang aktuell, was schon vor dem jeweiligen Stadium als Problematik vorhanden war. Für die Entwicklung ist es notwendig, dass der Konflikt auf einer bestimmten Stufe ausreichend bearbeitet wird, damit man die nächste Stufe erfolgreich bewältigen kann. Die in den acht Phasen nach Erikson durchlebten Krisen und deren erfolgreiche Bewältigung sind wesentliche Voraussetzungen für das Verständnis der Entwicklung der Eigenschaften, die notwendig sind, um eine erfolgreiche Beziehung aufbauen zu können. Die Nicht-Bewältigung einer Krise wirkt sich negativ auf das Vermögen aus, zwischenmenschliche Kontakte einzugehen.

8.1.8

Frage:
Erikson (1966) hat ein Stufenmodell der psychosozialen Entwicklung entworfen, das aus acht Stadien besteht. Um welche acht Stadien handelt es sich?

Antwort:
Erikson spricht in seiner Entwicklungstheorie den Beziehungen bzw. der Interaktion des Kindes mit seiner personalen (und gegenständlichen) Umwelt eine wesentliche Rolle für die psychische Entwicklung zu. Das Stufenmodell der psychosozialen Entwicklung besteht aus folgenden acht Stadien:

- Stadium 1: Ur-Vertrauen versus Ur-Misstrauen (1. Lebensjahr)
- Stadium 2: Autonomie versus Scham und Zweifel (1. bis 3. Lebensjahr)
- Stadium 3: Initiative versus Schuldgefühl (3. bis 5. Lebensjahr)
- Stadium 4: Wertsinn versus Minderwertigkeitsgefühl (6. Lebensjahr bis Pubertät)
- Stadium 5: Ich-Identität versus Ich-Identitätsdiffusion (Jugendalter)
- Stadium 6: Intimität und Solidarität versus Isolation (frühes Erwachsenenalter)
- Stadium 7: Generativität versus Stagnation und Selbstabsorption (Erwachsenenalter)
- Stadium 8: Ich-Integrität versus Verzweiflung (reifes Erwachsenenalter)

8.1.9

Frage:
Warum ist gerade das Stadium 1: Ur-Vertrauen versus Ur-Misstrauen während des ersten Lebensjahres eines Kindes für die spätere Entwicklung so wichtig?

Antwort:
Oszwald (1991) geht davon aus, dass diese Phase zugleich für die Beziehungs- als auch für die Inhaltsebene einer menschlichen Beziehung wichtig ist. Dieses erste Stadium spielt auch im Rahmen eines Rabl eine wichtige Rolle, denn es bildet nicht nur die Grundlage zum Aufbau und zur Gestaltung der Beziehung des Prüfers zum Geprüften, sondern ist auch die Grundlage zur Bewältigung des Konflikts Vertrauen gegen Kontrolle, auf den ein Prüfer bei vielen Prüfungshandlungen stößt.

Der Autor weist auch darauf hin, dass eine nicht vollständige Bewältigung der ersten Krise in späteren Lebenssituationen zu Beeinträchtigungen führen kann. Misslingt ein Vertrauensaufbau im ersten Lebensjahr, zeigen sich in der Folge Verhaltensstörungen, die den Umgang mit diesen Menschen schwierig gestalten, u.zw. im Allgemeinen und auch in der Arbeitssituation, weil der Kooperationswille fehlt. Daraus ergibt sich, dass eine gelingende Arbeitsbeziehung eine wesentliche Voraussetzung für einen für alle Beteiligten befriedigenden Prüfungsablauf ist und die Vermeidung von unnötigem Stress bedeutet. Das bedeutet, dass eine für die Prüfung geeignete Persönlichkeit ein bestimmtes Maß an entsprechenden Eigenschaften braucht.

8.1.10

Frage:
Die Krise „Ur-Vertrauen versus Ur-Misstrauen" im ersten Lebensjahr eines Individuums wird bis zum dritten Lebensjahr durch die Krise „Autonomie versus Scham und Zweifel" abgelöst. Warum hat die Bewältigung dieser beiden Krisen eine so große Bedeutung für die Revisionstätigkeit?

Antwort:
Oszwald verweist auf die These von Erikson (1966), wonach das Individuum durch das entstehende Selbständigkeitspotenzial und die Aneignung von gesellschaftlichen Normen lernt, zwischen sich selbst und der Umwelt zu unterscheiden und sich zu dieser in Beziehung zu setzen. Es bilden sich die Fähigkeiten heraus, Gesetz und Ordnung anzuerkennen. In dieser Phase entwickelt sich Sparbereitschaft, Sinn für Sauberkeit und Eigentumssinn – gute Eigenschaften für eine Revisionstätigkeit. Je nach Bewältigung des zweiten Stadiums bilden sich diese Eigenschaften zu wenig oder zu stark heraus. Im Extremfall, bei ungenügender Herausbildung, entsteht Unordnung, mangelnder Eigentumssinn, mangelnde Gewissenhaftigkeit, Unpünktlichkeit und ein wenig ausgeprägter Sinn für Wirtschaftlichkeit und Sparsamkeit. Es ist klar, dass dieser Charakter eigentlich das Gegenteil von dem verkörpert, was von einem Revisor gefordert wird.

8.1.11

Frage:
In der gesamten Literatur über die Prüfungslehre lässt sich aus einer erfolgreichen Prüfungsdurchführung eine bestimmte persönliche und fachliche Qualität ableiten. Welche Anforderungen

bezüglich der Persönlichkeit, der Charaktereigenschaften sowie der Fähigkeiten und Verhaltensweisen werden in der Prüfungsliteratur genannt, die besonders für einen Revisor von Vorteil sind?

Antwort:
Oszwald (1991) verweist in seiner wissenschaftlichen Arbeit auf mehrere Autoren, die folgende Anforderungen an einen Revisor stellen:

- analytisches, kombinatorisches und logisches Denkvermögen, rasche Auffassungsgabe
- Kritikfähigkeit
- Kompromissfähigkeit
- Kooperationsbereitschaft
- kommunikative Fähigkeiten (Artikulationsfähigkeit)
- Gewissenhaftigkeit, Korrektheit
- Zielstrebigkeit
- Durchsetzungsvermögen
- Überzeugungskraft
- Selbständigkeit
- Objektivität
- wirtschaftlichkeitsorientiert
- Der Revisor muss geduldig, optimistisch und tolerant sein.
- Der Revisor soll emotional möglichst distanziert und sachlich sein.
- Der Revisor muss die Gesetze und Regeln beachten, ehrlich und loyal sein und muss Führungsqualitäten besitzen.

8.1.12

Frage:
Gibt es noch weitere Aussagen von Autoren, die grundsätzliche Eigenschaften für das Anforderungsprofil eines Revisors hervorheben?

Antwort:
Korndörfer/Peez (1981) verweisen auf eine Aufzählung in Anlehnung an einen älteren Beitrag von Blohm, der folgendes fordert (wobei einige der nachfolgenden Kriterien bereits genannt wurden):

- Widerstandsfähigkeit und Ausdauer
- Gute Nerven
- Verantwortungsgefühl
- Zuverlässigkeit
- Ehrlichkeit
- Offenheit gegenüber dem Vorgesetzten
- Objektivität
- Kritikfähigkeit verbunden mit Selbstkritik
- Zielstrebigkeit
- Schaffensdrang
- Ordnungssinn
- Gedächtnis für Zahlen
- Schnelle Auffassungsgabe
- Logisches Denken
- Abstraktions- und Urteilsvermögen
- Organisationstalent
- Schriftliche und mündliche Ausdrucksgabe

8.1.13

Frage:
Scheller (1976) bezieht sich auf Forschungen von Holland in Amerika, wonach dieser die Berufswahl als eine von vielen Ausdrucksmöglichkeiten der Persönlichkeit beschreibt. Von welchen Persönlichkeitstypen geht Holland aus und welche Eigenschaften ordnet er den Menschen zu, die den einzelnen Typen entsprechen?

Antwort:
Holland geht davon aus, dass in der amerikanischen Kultur die meisten Individuen einem der folgenden sechs Typen zugeordnet werden können:

1. **Realistischer Persönlichkeitstyp**:
Übt bevorzugt Aktivitäten aus, die physische Stärke erfordern. Wirkt ungesellig und aggressiv, verfügt über geschickte motorische Koordination und manuelle Fähigkeiten, erweist sich verbal und im zwischenmenschlichen Kontakt als ungewandt. Er hält sich selbst für maskulin und vertritt im politischen und materiellen Bereich konventionelle Wertvorstellungen. Personen, die diesem Typus ähneln, äußern folgende Berufswünsche:

- Mechaniker
- Lokomotivführer
- Klempner
- Elektriker
- Landwirt
- Zimmermann
- Pilot

2. **Intellektueller Persönlichkeitstyp**:
Zeigt sich aufgabenorientiert und wenig sozial. Zieht es vor, Probleme eher gedanklich als handelnd zu bewältigen. Vertieft sich gerne in nicht klar definierte, komplexe Fragestellungen, vertritt unkonventionelle Meinungen und Wertvorstellungen. Personen, die diesem Typus ähneln, äußern folgende Berufswünsche:

- Biologe
- Anthropologe
- Physiker
- Chemiker
- Mathematiker
- Geologe
- Astronom
- Meteorologe

3. **Sozialer Persönlichkeitstyp**:
Erscheint gesellig, verantwortungsbewusst, menschlich, braucht Aufmerksamkeit. Er geht der Lösung intellektueller Probleme aus dem Weg. Vermeidet gezielte, physische Aktivitäten, löst Probleme gefühlsmäßig und durch interpersonale Manipulation. Zeigt verbale Gewandtheit und knüpft geschickt zwischenmenschliche Kontakte. Personen, die diesem Typ ähneln, äußern folgende Berufswünsche:

- Lehrer
- Berufsberater
- Klinischer Psychologe
- Missionar
- Jugendanwalt
- Sozialarbeiter
- Krankenpfleger
- Logopäde

4. **Angepasster Persönlichkeitstyp**:
Bevorzugt verbal und numerisch strukturierte Aktivitäten und untergeordnete Rollen. Verhält sich konform, weicht Problemen im interpersonalen Bereich aus. Identifiziert sich mit den Inhabern von Macht- und Statuspositionen, übernimmt bereitwillig kulturelle Normen und Einstellungen. Personen, die diesem Typus ähneln, äußern folgende Berufswünsche:

- Buchhalter
- Kassenführer
- Statistiker
- Rechnungsprüfer
- Bankangestellter
- Steuerberater

5. **Dominanter Persönlichkeitstyp**:
Benutzt verbale Fähigkeiten, um zu dominieren und schreibt sich Führungsqualität zu. Vermeidet klare Aussagen, beschäftigt sich ungern mit Aufgaben, die längere intellektuelle Anstrengungen erfordern und befasst sich mit Macht-, Status- und Führungsproblemen. Personen, die diesem Typus ähneln, äußern folgende Berufswünsche:

- Autoverkäufer
- Politiker
- Einkäufer
- Auktionator
- Hotelfachmann
- Promotor
- Geschäftsreisender
- Industrieberater
- Unternehmer

6. Ästhetischer Persönlichkeitstyp:
Vermeidet die Konfrontation mit klar strukturierten Problemen und zeigt individualistische Ausdrucksweisen. Verhält sich introvertiert, leidet unter emotionaler Labilität und interessiert sich nicht für Aufgaben, die nur mit körperlicher Kraft zu bewältigen sind und verfügt über ein schwach ausgeprägtes Über-Ich. Personen, die diesem Typus ähneln, äußern folgende Berufswünsche:

- Dichter
- Musiker
- Bildhauer
- Komponist
- Schauspieldirektor
- Sänger
- Karikaturist

Holland geht davon aus, dass sich die Vorhersagegenauigkeit menschlichen Verhaltens verbessern lässt, wenn man nicht nur die Erkenntnisse über das Individuum betrachtet sondern auch jene über seine Umwelt mit einbezieht. Vergleicht man die sechs Persönlichkeitstypen so kann festgestellt werden, dass für die Tätigkeit im Bereich der Revision der soziale Persönlichkeitstyp die besten Voraussetzungen mitbringt.

8.1.14

Frage:
Gibt es auch neuere Literatur, in der ein Arbeitsplatz als Revisor in einer IR in der öffentlichen Verwaltung beschrieben wird?

Antwort:
Schuh (2010) verweist auf eine Darstellung, die dem Schema einer Arbeitsplatzbeschreibung durch das Bundeskanzleramt in Österreich folgt. Diese Arbeitsplatzbeschreibung für einen Revisor beinhaltet folgendes:

- die Dienststelle
- die Funktion des Arbeitsplatzes
- die Vertretungen – Klärung der Fragen, wen der Arbeitsplatzinhaber vertritt und wer den Arbeitsplatzinhaber vertritt
- unmittelbare Über-/Unterordnung
- Aufgaben des Arbeitsplatzes
- Ziele des Arbeitsplatzes
- Katalog der Tätigkeiten
- Zeichnungsrecht
- sonstige Befugnisse
- zugeteiltes und unterstelltes Personal

Anforderungsprofil:

- höchste Integrität
- Organisations- und Managementfähigkeiten sowie wirtschaftliches und analytisches Denken und Handeln in höchstem Maß
- natürliche Autorität, repräsentatives Auftreten und Überzeugungsfähigkeit
- hohe soziale Kompetenz, Kommunikations- und Integrationsfähigkeit sowie hohes Konfliktpotenzial
- Initiativkraft für Innovation
- Fortbildungsbereitschaft

Aufgabenspezifisch:

- sehr gute Kenntnisse der Aufbau- und Ablauforganisation der Verwaltung
- sehr gute Kenntnisse auf dem Gebiet der Revisionstätigkeit
- Nachweis der erfolgreichen Führung von Überprüfungstätigkeiten in der öffentlichen Verwaltung
- sehr gute Kenntnisse des Verwaltungsmanagements
- Bereitschaft zur laufenden, intensiven Weiterbildung

Ausbildung

- Universitätsabschluss
- Dienstprüfung
- sonstige für die Bewertung maßgebliche Aspekte (Anmerkung im Einzelfall)
- besondere Aufgaben des derzeitigen Arbeitsplatzinhabers (Anmerkung im Einzelfall)

8.1.15

Frage:
Welche Voraussetzung muss gegeben sein, damit ein Revisor in seiner Laufbahn berufliche Zufriedenheit erreichen kann?

Antwort:
Nach den entwicklungspsychologischen Modellvorstellungen von Super (1957) spielt die Entwicklung und Verwirklichung des individuellen beruflichen Selbstkonzepts, das sich im Wechselspiel von Selbsterfahrung und Erforschung der Umwelt entwickelt, eine entscheidende Rolle. Ein differenziertes Selbstkonzept und ein hohes Berufswahlreifeniveau (Grad der Bewältigung phasentypischer beruflicher Entwicklungsaufgaben)

erleichtern die individuelle Berufs- und Laufbahnentscheidung, erhöhen die Chancen auf Zufriedenheit und führen zu einer Beständigkeit in der gewählten Laufbahn.

In der Berufswahltheorie von Holland (1996) spielen berufliche Interessen eine herausragende Rolle: sie sind ein wesentlicher Aspekt der Persönlichkeit, sie haben entscheidenden Einfluss auf die Wahl eines Berufes. Personen suchen nach Umwelten, die es ihnen erlauben, ihre dominierenden Orientierungen wie Interessen, Fähigkeiten oder Werte zu verwirklichen und personengemäße Aufgabenstellungen und Rollen zu übernehmen. Berufliche Zufriedenheit, Stabilität und Leistung hängen vom Grad der Übereinstimmung zwischen individueller Persönlichkeit und beruflicher Umwelt ab.

8.1.16

Frage:
Wenn die berufliche Zufriedenheit eines Revisors vom Grad der Übereinstimmung zwischen individueller Persönlichkeit und beruflicher Umwelt abhängt, dann stellt sich auch die Frage, wie wichtig ist darüber hinaus ein gutes Organisationsklima für ein Individuum?

Antwort:
Lt. Nerdinger (2008) thematisiert das Organisationsklima nicht allein soziale Aspekte innerhalb einer Org, sondern berücksichtigt sämtliche für die Mitarbeiter, so auch für die Revisoren, relevanten Aspekte.

Dazu zählen
- Kollegen
- Vorgesetzte

- Aufbau- und Ablauforganisation
- Information und Mitsprachemöglichkeiten
- Zusammenarbeit zwischen den Abteilungen
- Interessensvertretung
- betriebliche Leistungen

Bei diesen übergeordneten Aspekten einer Org steht – im Gegensatz zum Betriebsklima, bei dem gewöhnlich die Stimmung oder die Atmosphäre innerhalb der Abteilung bzw. im nahen Umfeld bewertet wird – die von den Mitarbeitern geteilte Wahrnehmung der betrieblichen Bedingungen im Vordergrund. Für eine berufliche Zufriedenheit der Mitarbeiter einer Org bzw. eines Revisors in einer IR ist daher neben dem Betriebsklima das Organisationsklima immer auch ein wesentlicher Faktor.

8.1.17

Frage:
Die Begriffe Organisationsklima und Organisationskultur werden im Sprachgebrauch oft bedeutungsgleich verwendet, obwohl es hier im eigentlichen Sinn zwei verschiedene Definitionen gibt. Was unterscheidet die beiden Begriffe und warum ist insbesondere der Begriff der Organisationskultur für einen neu eintretenden Revisor in eine Org und somit in eine OE so wichtig?

Antwort:
Lt. Nerdinger (2008) werden die Begriffe Organisationsklima und Organisationskultur häufig synonym verwendet. Das wird aber ihrer Bedeutung nicht gerecht. Mit dem Begriff Klima werden bewusst wahrgenommene Prozesse und Faktoren der Umwelt beschrieben, die sich von der Org kontrollieren lassen. Mit dem Begriff Organisationskultur werden

dagegen tief verankerte Werte und Annahmen beschrieben, die von den einzelnen Mitarbeitern häufig gar nicht bewusst wahrgenommen werden. Org sind soziale Systeme, in denen Menschen langfristig zusammenarbeiten. Dabei bilden sich im Laufe der Zeit Normen und Selbstverständlichkeiten heraus: Die Mitarbeiter entwickeln gemeinsame Auffassungen darüber, welches Verhalten wünschenswert ist und welches nicht. Diese ungeschriebenen Gesetze regeln das Verhalten und sorgen für die Einbindung der Mitarbeiter in die Org. Jeder, der neu in die Org eintritt, wird mit diesen Normen und Werten konfrontiert und ist gezwungen, sich damit auseinanderzusetzen. Diese Wirkungen werden mit dem Begriff der Organisationskultur beschrieben.

8.1.18

Frage:
Verschiedene empirische Untersuchungen zeigen, dass die jeweiligen Persönlichkeiten der einzelnen Mitarbeiter einer Org einander ähnlicher sind, als es bei einer zufälligen Verteilung zu erwarten wäre (Schneider, Smith, Paul, 2001). Wie ist dies zu erklären?

Antwort:
Eine Antwort bietet der sogenannte Sozialisierungseffekt: Demnach versuchen Org, ihre Mitarbeiter an die in der Org dominierenden Werte anzupassen, sie wirken auf die Mitarbeiter dahingehend ein, dass sich diese so verhalten, wie es vonseiten der Org erwünscht ist. Mit dem Begriff **organisationale Sozialisation** wird der Prozess der Vermittlung und des Erwerbs von Kenntnissen, Fertigkeiten, Fähigkeiten, Überzeugungen, Werthaltungen und Normen beschrieben, der eine Person dazu befähigt, die von der Org an sie gestellten Handlungsanforderungen zu erfüllen.

Möglicherweise ist der Effekt der Angleichung von Personen und Org aber auch dadurch zustande gekommen, dass Menschen mit ähnlichen Wertorientierungen sich von einer bestimmten Org angezogen fühlen und von dieser dann ihrerseits für bestimmte Aufgaben – so auch für eine IR – ausgewählt werden. Menschen mit bestimmten Merkmalen suchen und finden Org, die zu ihnen passen. Die Prozesse, die dazu führen, dass Org bestimmte Menschen anziehen und für die Mitarbeit auswählen, werden als **Gravitation** bezeichnet (Nerdinger, 1994). Mit dem Begriff Gravitation werden vielschichtige Prozesse beschrieben. Dazu zählen Prozesse der **Selbstselektion**, d. h. Arbeitnehmer wählen aus Stellenanzeigen ein oder mehrere Unternehmen aus, bei denen sie sich bewerben. Sie treffen also eine Auswahl unter den Unternehmen, die Stellen anbieten. Zum anderen wählen aber auch die Unternehmen aus. Sie veröffentlichen Stellenanzeigen und suchen damit nach geeigneten Mitarbeitern. Aus dem Pool von Bewerbern wählen sie diejenigen aus, die für die Stelle geeignet sind bzw. die zum Unternehmen passen. Dieser Fall wird als **Fremdselektion** bezeichnet.

8.1.19

Frage:
Der Prozess der organisationalen Sozialisation lässt sich als Abfolge verschiedener Phasen beschreiben. Van Maanen und Schein (1977) unterscheiden drei Phasen beim Eintritt in die Org. Um welche drei Phasen handelt es sich?

Antwort:
Die **erste Phase** umfasst alle Lernprozesse, die auf den Eintritt in eine Org vorbereiten. Sie wird daher auch häufig als **antizipatorische Sozialisation** bezeichnet. In der **zweiten**

Phase lernt der Neuling die Org kennen und erlebt die Org in der Praxis, wobei er sich dessen bewusst wird, dass es Widersprüche zwischen seiner eigenen Erfahrung und der Realität geben kann. In der **dritten Phase** kommt es dann zu den langfristig wirksamen Änderungen der Person, die eine Anpassung an die Org darstellen: Der neue Mitarbeiter erwirbt die Fähigkeiten, die für die Bewältigung der Aufgaben notwendig sind, bewegt sich erfolgreich in seiner neuen Rolle und passt sich an die Werte und Normen der Arbeitsgruppe an. Dieser Prozess hat Auswirkungen auf die Leistung des Mitarbeiters und seine Bindung an die Org.

In der Phase vor dem Eintritt in eine Org entwickelt jeder neue Mitarbeiter bereits im Vorfeld ein eigenes Profil an Werten, Einstellungen und Erwartungen, das ihn sowohl auf die Arbeit als auch auf das Verhalten in der Org vorbereitet. So wird für die meisten Berufe eine mehr oder weniger lange Zeit der Ausbildung gefordert, in der die Teilnehmer gleichzeitig auch lernen, welche Einstellungen und Werte in den Org von ihnen erwartet werden. Ob man in einem Unternehmen oder in der öffentlichen Verwaltung eingestellt wird, hängt letztlich von der Fähigkeit ab, die Wünsche und Erwartungen der Entscheidungsträger in einer Org richtig zu antizipieren und sich entsprechend zu präsentieren. Nach dem Eintritt in die Org werden die eigenen Erwartungen – bezüglich der Arbeit, dem Vorgesetzten, den Kollegen und der Org – mit der Realität konfrontiert. Wunsch und Wirklichkeit werden eher selten übereinstimmen, bei allen Widersprüchen wird der Neuling den Druck seiner Umwelt spüren, der darauf abzielt, dass er sich anpasst. Das beschreibt den Beginn des eigentlichen Prozesses der organisationalen Sozialisation, in dem ihm die Erwartungen der Org in Bezug auf sein Verhalten und seine Einstellungen vermittelt werden. Gelegentlich kann es in dieser Phase auch zu völliger Desillusionierung über die neue Situation kommen. Im besten Fall kommt es in dieser dritten Phase jedoch zu einer Metamorphose, d. h. durch die Anpassung des Mitarbeiters an die Normen und Werte der Org lösen sich die anfänglich empfundenen Widersprüche im Laufe der Zeit auf und er kann in seine neue Rolle hineinwachsen.

8.1.20

Frage:
Welche Aspekte sind für die erfolgreiche Berufsfindung – z. B. als Interner Revisor – und die individuelle Bewertung wichtig?

Antwort:
Während im **passungstheoretischen** Ansatz die objektive Merkmalsbeschreibung der Person von ausschlaggebender Bedeutung ist, z. B. die Frage, über welche Kenntnisse, Fertigkeiten und Fähigkeiten eine Person objektiv verfügt, steht für die **Laufbahnentwicklungstheorie** das Selbstkonzept einer Person als die entscheidende Größe im Vordergrund (Abele-Brehm, Stief, 2004). Hier bestimmt nicht in erster Linie die objektive Höhe der Intelligenz der Person sondern ihr Selbstvertrauen (Selbstwirksamkeit) und das Ausmaß, in welchem sie sich selbst als entscheidend für ihren beruflichen Erfolg erachtet das Berufswohl – und das Berufsfindungsgeschehen. Das Ausmaß der Selbstwerteinschätzung ist für das Handeln der Person entscheidend.

Für den Erfolg der Berufsfindung sind folgende Aspekte wichtig:

- eine positive Selbstwertschätzung
- klare statt diffuse Selbsteinschätzungen

- in sich konsistente statt in sich widersprüchliche Selbsteinschätzungen
- differenzierte Selbsteinschätzungen
- positive Selbstwirksamkeitseinschätzungen

Nach dieser Auffassung wird die Berufswahl und Berufsfindung als ein von der Person selbst gesteuerter, kontinuierlicher Entscheidungs- und Ausführungsprozess gesehen, der auch nicht immer linear verläuft, sondern in dem es viele Wiederholungen, Überlangerungen und Auslassungen gibt. Entsprechend der Laufbahnentwicklungstheorie haben Personen bei diesem Prozess das Ziel vor Augen, im Beruf solche Positionen und Rollen anzustreben, die ihnen die Gelegenheit geben, ihr berufliches Handeln als Bestätigung ihres Selbstkonzeptes zu interpretieren. Wenn Personen nicht die Möglichkeit sehen, ihr Selbstkonzept zu verwirklichen, orientieren sie sich beruflich um.

8.1.21

Frage:
Was können Ursachen für eine erfolglose Berufsfindung sein?

Antwort:
Hinsichtlich der Haupthindernisse für eine angemessene Berufsfindung kommen der passungs- und der laufbahntheoretische Ansatz zu ähnlichen Einschätzungen (Sieverding, 1992), nämlich dass die Personen

- keine klaren beruflichen Präferenzen haben
- in sich konfligierende berufliche Wünsche haben
- unzutreffende Informationen über verschiedene berufliche Umwelten haben, d.h. sie verkennen die beruflichen

Umwelten, die zu ihnen passen bzw. eigentlich nicht zu ihnen passen
- soziale Konflikte haben, weil die beruflichen Erwartungen an sie seitens der Familie weit entfernt von ihren eigenen beruflichen Wünschen sind

8.1.22

Frage:
Wenn sich eine Person für einen Arbeitsplatz als Interner Revisor bewerben möchte, wird sie zu einem Personalauswahlverfahren eingeladen. Auf welche möglichen Personalauswahlverfahren hat sich ein Bewerber einzustellen?

Antwort:
Zur Personalauswahl steht eine Vielzahl von Instrumenten zur Verfügung. In Bezug auf die Konstruktion und den Einsatz dieser Instrumente können drei verschiedene personaldiagnostische Herangehensweisen unterschieden werden. Schuler (2001) bezeichnet sie als

- konstruktorientierte
- simulationsorientierte
- biographieorientierte Vorgehensweise

Einzelne Instrumente oder Verfahren wie z. B. das Auswahlinterview oder das Assessment-Center können aber mehrere dieser Herangehensweisen miteinander kombinieren.

8.1.23

Frage:
*Was wird unter einem **konstruktorientierten Verfahren** verstanden?*

Antwort:
Konstruktorientierte Verfahren zielen darauf ab, Eigenschaften von Personen, wie z. B. die allgemeine Intelligenz oder Persönlichkeitsmerkmale zu erfassen. Aus dem Abschneiden einer Person bei einem konstruktorientierten Verfahren wird im ersten Schritt auf eine nicht unmittelbar beobachtbare, sondern nur erschlossene, innerhalb der Person stabile und zwischen den Personen variierende Eigenschaft geschlossen. Beispielsweise werden aus der Anzahl der Richtiglösungen in einem Intelligenztest Rückschlüsse auf den stabilen Ausprägungsgrad der individuellen Intelligenz einer konkreten Person gezogen. Im zweiten Schritt wird von der Höhe der individuellen Ausprägung des Personenmerkmals (Konstruktes) auf die Höhe des zu erwartenden Erfolges dieser Person in der späteren Arbeitstätigkeit geschlossen: z. B. „je höher die allgemeine Intelligenz, desto höher die voraussichtliche Berufsleistung" oder „je neurotischer eine Person ist, desto geringer die voraussichtliche Arbeitsleistung".

8.1.24

Frage:
*Was wird unter einem **simulationsorientierten Verfahren** verstanden?*

Antwort:
Bei simulationsorientierten Auswahlverfahren müssen die Auswahlkandidaten Aufgaben bearbeiten, die weitgehend den Tätigkeiten entsprechen, die später am Arbeitsplatz auch zu erledigen sind. In diesem Fall stellt das Auswahlverfahren also eine Simulation der späteren Arbeitstätigkeit dar. Es werden Auswahlaufgaben gestellt. Je kürzer die Bearbeitungszeit und je geringer die Anzahl der Fehler, desto besser schneidet die Person im Auswahlverfahren ab. Bei simulationsorientierten Aufgaben wird nur unterstellt, dass das, was eine Person in der Auswahlsituation zu leisten in der Lage war, von ihr auch im späteren Tätigkeitsalltag geleistet werden kann. Im Assessment-Center spielen solche simulationsorientierten Aufgaben und Verhaltensübungen eine wichtige Rolle wie z. B.

- **Präsentationsübungen** (der Bewerber muss nach einer relativ kurzen Vorbereitungszeit einen Vortrag zu einem Thema halten, das ihm vorher nicht bekannt war und es gibt klare Zeitvorgaben)

- **Postkorbaufgaben** (im Postkorb befinden sich allerlei Schriftstücke, die in Bezug auf ihre Dringlichkeit und Wichtigkeit innerhalb einer kurzen Zeit bearbeitet werden müssen)

- **Gruppendiskussionen** (die Bewerber sollen miteinander ein vorgegebenes betriebliches Problem diskutieren und zu einer von allen Beteiligten gebilligten Entscheidung kommen)

8.1.25

Frage:
*Was wird unter einem **biographieorientierten** Verfahren verstanden?*

Antwort:
Die Grundsätze biographieorientierter Verfahren lauten, dass vergangenes Verhalten zukünftiges Verhalten vorherzusagen erlaubt und dass bestimmte Ereignisse im Lebenslauf spätere berufliche Vorkommnisse und Leistung vorherzusagen vermögen. Wer z. B. schon als Schüler Klassensprecher oder Schulsprecher war, der würde auch im Berufsleben Leistungs- und Repräsentationsfunktionen anstreben. Die Analyse des bisherigen beruflichen Werdegangs, das Einholen von Referenzen, die Auswertung von Arbeitszeugnissen sowie die Entwicklung und Anwendung biographischer Fragebögen im engeren Sinn beruhen auf dem biographischen Ansatz in der Personalauswahl.

8.1.26

Frage:
Frieling (1977) verweist in seinem Beitrag „Die Arbeitsplatzanalyse als Grundlage der Eignungsdiagnostik", dass die Ergebnisse von Arbeitsanalysen für viele Teildisziplinen der Arbeitswissenschaft verwertbar sind, wie z. B. auch für die Eignungsdiagnostik, da er – wie zwei weitere Autoren – glaubt, dass sich die nur mäßige Aussagekraft von Eignungsuntersuchungen durch eine qualitativ hochstehende Anforderungsanalyse erhöhen lässt. Warum liegt dieser Anforderungsanalyse aber in jedem Fall eine Arbeitsplatzanalyse zugrunde?

Antwort:
Um eine treffsichere Eignungsdiagnostik eines potentiellen Stellenbewerbers liefern zu können, ist es notwendig, eine Anforderungsanalyse durchführen. Diese erfolgt aufgrund einer Arbeitsplatzanalyse, d. h. aufgrund einer intensiven Beschäftigung mit dem Arbeitsplatz, weil nur der Arbeitsplatz die Daten liefern kann, die für eine eignungsdiagnostische Entscheidung wichtig sind. Daher kann man als Arbeitsanalysen (synonym auch Arbeitsplatzanalysen) alle jene Methoden bezeichnen, die in systematischer Form den Arbeitsprozess erfassen und in Verbindung damit das Verhalten der arbeitenden Person registrieren, um zu einem möglichst vollständigen Bild der Arbeitssituation, der Arbeitsaufgabe und der Arbeitsmittel zu gelangen. Aus der raum-zeitlichen Bindung der Arbeit ergibt sich für die psychologisch orientierte Arbeitsplatzanalyse die Forderung, den Arbeitsprozess auf einen bestimmten Arbeitsplatz zu beziehen.

8.1.27

Frage:
Warum ist aus Sicht des Arbeitspsychologen die Einschränkung auf einen einzelnen Arbeitsplatz notwendig?

Antwort:
Die Einschränkung auf einen einzelnen Arbeitsplatz ist deshalb notwendig, um zu empirisch fundierten Detailanalysen der menschlichen Arbeit zu gelangen. Diese Detailanalysen sind aber selbstverständlich kein Ersatz für Untersuchungen über das soziale Gefüge innerhalb einer Org meint Frieling (1977). Für den – naturgemäß psychologisch orientierten – Arbeitspsychologen ist es jedoch unerlässlich, das Verhalten des Einzelnen in Abhängigkeit von verhaltenswirksamen

Arbeitsbedingungen zu untersuchen. Es steht außer Frage, dass diese Arbeitsbedingungen durch die soziale Struktur der Org, die örtliche Lage des Unternehmens, durch die Entfernung zwischen Arbeitsstelle und Wohnung usw. beeinflusst werden.

8.1.28

Frage:
Grupp (1986) hat einen kleinen Knigge für Revisoren erstellt, in dem er empfiehlt, auf einige Punkte besonders zu achten. Auf welche Punkte muss ein Revisor achten?

Antwort:
Ein Revisor muss auf folgende Punkte achten:

- Machen Sie möglichst „wenig Wind" und halten Sie sich bei Ihrer Arbeit im Hintergrund. Nichts ist einfacher, als die gesamte zu prüfende Abteilung in wenigen Tagen durch übermäßige „Aktivität" völlig durcheinanderzubringen.
- Stürzen Sie sich nicht gleich zu Beginn auf die Analyse tiefgreifender Spannungen und grundsätzlicher Probleme. Prüfer und Geprüfter müssen sich erst aneinander gewöhnen. Lassen Sie deshalb erst die Anfangsnervosität in der geprüften Stelle abklingen bevor Sie mit der „Problemfindung" und harten Diskussionen beginnen.
- Bewahren Sie als Prüfer Gleichmut und Ausgeglichenheit, auch wenn es manchmal schwerfällt.
- Ärgern Sie sich nicht, auch wenn Sie merken, dass Angaben eines Sachbearbeiters nicht der vollen Wahrheit entsprechen. Sie müssen dies von vornherein einkalkulieren.

Versuchen Sie trotzdem, jede Prüfungshandlung objektiv und unvoreingenommen durchzuführen.
- Hüten Sie sich vor Rechthaberei und Besserwisserei. Seien Sie nicht zu freigiebig mit voreiligen Ratschlägen.
- Verhalten Sie sich als Revisor nicht „päpstlicher als der Papst". Auch Prüfer können irren und wenn, dann sollten Sie es offen zugeben.
- Hüten Sie sich vor Geheimniskrämereien! Jeder kann wissen, was Sie als Revisor anstreben, wie Sie vorgehen, welche Ergebnisse Sie festgestellt haben und welche Sie in einem Bericht weitergeben werden. Offenheit macht sich bezahlt!

9. Zusammenfassung

Frei nach Siegwart/Menzl (1978) sind die Prüfungsphasen, in denen sich die Revisoren und Geprüften gegenüberstehen, ihrer Eigenart zufolge unterschiedlich schwierig und ein für beide Seiten erfolgreicher Abschluss einer Revision nicht immer leicht zu erreichen. Viele Faktoren können den Ausgang einer Revision beeinflussen: angefangen von der Persönlichkeit der sich gegenüberstehenden Menschen bis hin zu den Erwartungen bzgl. Befriedigung bestimmter individueller Bedürfnisse. Es darf dabei nicht übersehen werden, dass in einer Prüfungssituation das Augenmerk nicht nur auf den geprüften Personen liegt, sondern die Prüfungssituation auch für den Revisor zum Prüfstein seiner Kenntnisse, seiner Eigenschaften und seines Könnens wird, da er seinerseits der Dienst- und Fachaufsicht des Entscheidungsträgers einer Org ausgesetzt ist.

Seitens des Entscheidungsträgers einer Org interessiert vor allem, ob es der IR gelingt zu prüfen, ohne durch ihr Prüfungsverhalten bzw. die Art und Weise, wie sie die Prüfung durchführt die Arbeitsmotivation der Geprüften im negativen Sinn zu beeinflussen oder sie zu dysfunktionalem Verhalten zu provozieren.

Die Revisoren sollten während des Prüfungsverfahrens darauf achten, die Revisionsdurchführung nicht als eine Art Machtdemonstration zu gestalten, sondern vielmehr jenes Verhalten wählen, das unter Berücksichtigung der Persönlichkeit des geprüften Bediensteten, der zu leistenden Aufgaben und den organisationsindividuellen Gegebenheiten den Prüfungserfolg am ehesten gewährleisten kann. Gerade in der Prüfungssituation gilt es für die Revisoren, ihre Fähigkeiten unter Beweis zu stellen, d. h. nicht nur ihr Fachwissen sondern auch ihre menschlichen Qualitäten zur Wahrung gegenseitigen Respekts. Die Revisoren müssen sich dessen bewusst sein, dass ihr Verhalten in der Prüfungssituation die Rolle des Wegweisers und Wegbereiters für Ausgang, Ergebnis und Nachwirkungen eines Soll-Ist-Vergleiches übernimmt.

Für den Geprüften zählt vor allem, ob seine Erwartungen in der Prüfungssituation erfüllt werden oder nicht, denn bei der Leistungsfeststellung im Soll-Ist-Vergleich geht es ja nicht nur um die Beurteilung des festgestellten Ergebnisses sondern auch um die Bedürfnisse des Geprüften nach Geltung und Anerkennung oder auch die Aufrechterhaltung der Leistungsmotivation. So lässt sich beispielsweise der Misserfolg so manchen an sich befähigten Leiters einer OE allzu oft darauf zurückführen, dass er sich ausschließlich auf die rein sachliche Lösung der aktuellen Tagesprobleme, welche die Verfolgung der Organisationsziele mit sich bringt, konzentriert und dabei eines übersieht: **Auch die damit betrauten Mitarbeiter sind an der befriedigenden Aufgabenerfüllung interessiert. Mindestens genauso wichtig ist für sie jedoch die Erreichung ihrer eigenen Ziele. Finden sie in ihren Erwartungen keine oder zu wenig Resonanz, so erlischt auch das Interesse an der Aufgabe.**

Die Fähigkeit des Leiters einer Org zur Menschenführung ist somit der Schlüssel für eine zielgerechte Aufgabenerfüllung durch die Mitarbeiter. Diesem an sich in jeder Führungssituation aktuellen Problem kommt im Rahmen einer Revision erhöhtes Gewicht zu. Die Revisoren werden für eine erfolgreiche Ausübung der Prüfungsfunktion dann gerüstet sein, wenn sie

- die möglichen Einflussfaktoren, welche in der Kontrollsituation verhaltenswirksam werden können kennen
- sich der möglichen Auswirkungen, die eine Prüfung zeitigen kann, bewusst sind
- in der Prüfungssituation selbst die situativ relevanten Einflussfaktoren erkennen und ihr Gewicht richtig einzuschätzen wissen
- in der Prüfungssituation die möglicherweise erwachsenden erwünschten oder unerwünschten Auswirkungen vorauszusehen vermögen
- aufgrund dieser „Lagebeurteilung" ihr Verhalten auf die Erreichung des angestrebten Prüfungserfolges ausrichten

Gelingt es den Revisoren, die oben angeführten Punkte zu berücksichtigen und mit psychologischem Einfühlungsvermögen vorzugehen, dann werden sie bei den durchzuführenden Revisionen, den begleitenden Kontrollen sowie Beratungsleistungen ein für beide Seiten zufriedenstellendes sachliches Ergebnis erzielen können, das sich darüber hinaus sowohl für sie selbst als Prüfer aber auch für die Geprüften in der Erfüllung ihrer Aufgaben ebenso wie in der Befriedigung ihrer Bedürfnisse als subjektiv positiv und somit leistungsmotivierend erweist.

Wie Langmaack (2004) hinweist, wird soziale Kompetenz immer wichtiger, gleichzeitig wissen wir jedoch, dass sie immer weniger als selbstverständliches Ergebnis von Erziehung und Sozialisation vorausgesetzt werden kann. Eine erfolgreiche Rekrutierung von zukünftigen Revisoren erfordert daher Eignungsuntersuchungen psychologischer Art, die durch die Einbindung eines Arbeitspsychologen, der sich mit der geistigen, seelischen und charakterlichen Beschaffenheit des Menschen befasst bewerkstelligt werden kann, da er in der Lage ist, die individuellen Triebfedern für die Zielsetzungen in Beruf und Leben eines Bewerbers zu analysieren. Die Eignung eines Menschen ist hier als der Inbegriff der in einer Person vorhandenen Anlagen und Fähigkeiten für einen erfolgreichen Einsatz in einem bestimmten Beruf zu verstehen.

Der Mensch ist aber auch Träger von Werten wie Lust, Liebe, Neigung, Interesse, Wunsch und Wille – also Werte, die er einerseits anstrebt oder aber ablehnt oder denen er neutral gegenüber steht. Diese Werte können als angestrebte Ziele sein Lebens- und Arbeitsschicksal bestimmen und ihm Erfolg, Befriedigung, Ruhe, Geborgenheit und Sicherheit gewähren, sofern zwischen seiner Anlage und seinen Wünschen und Zielen eine innere Übereinstimmung besteht, d. h. wenn seine persönlichen Werte mit jenen für das angestrebte Ziel erforderlichen Werten übereinstimmt.

Für die Personalauswahl mittels einer Eignungsuntersuchung durch den Arbeitspsychologen ist über die Erfassung der individuellen Eigenschaften und Werte hinaus jedoch auch eine zweite Grundlage nötig: Kenntnis der Arbeitsverrichtungen für Berufe aller Art, ihrer Wesensart, ihres Charakters, ihrer Struktur und der Anforderungen, die für verschiedene Positionen innerhalb einer Berufsgruppe erforderlich sind. Daher wird ein Eignungsdiagnostiker bemüht sein, sich mit den Bedingungen des Arbeitsplatzes eines Internen Revisors zu befassen, d. h. er wird eine Arbeitsplatzanalyse erstellen, da nur der Arbeitsplatz jene Daten liefern kann, die für eine eignungsdiagnostische Entscheidung über einen Bewerber für den Beruf eines Internen Revisors wichtig sind. Die Arbeitsplatzanalyse bildet die Voraussetzung für die Erstellung eines Anforderungsprofils, aufgrund dessen der Arbeitspsychologe entscheiden kann, ob ein Bewerber geeignet ist oder nicht.

An dieser Stelle ist ausdrücklich hervorzuheben, dass in diesem Buch aus revisionspsychologischer Sicht nur jene Phasen eines Rabl thematisiert wurden, in denen ein direkter Kontakt zwischen Revisoren und Geprüften stattfindet.

In diesem Buch wollte ich sowohl meine anfänglichen Fragen zur Revisionspsychologie, die bei verschiedenen Autoren gefundenen Antworten und auch meine aus langjähriger Tätigkeit gewonnenen eigenen Erkenntnisse aus meiner individuellen Sichtweise darstellen und einen Einblick in die Vielfältigkeit der Thematik geben. Es sollte dem Leser veranschaulichen, dass die titelgebenden „Lehrjahre eines Internen Revisors" den Anfang einer fachlichen und menschlichen Entwicklung bilden, die im besten Fall gekrönt wird von Könnerschaft und Erfolg im Beruf.

Alle hier ausgeführten Details – sowohl aus Sicht einer Org bzw. einer RA, wenn es um die Aufnahme eines neuen Mitarbeiters geht, aber auch aus Sicht eines Bewerbers für den Beruf des Internen Revisors – lassen erkennen, dass man wohl zu Recht von „Lehrjahren" eines Internen Revisors sprechen kann, denn es braucht Zeit, Geduld und Zuversicht, bis man – ausgehend von den eigenen Fähigkeiten und Eigenschaften – die notwendige Erfahrung sammeln kann, um letztlich die Befähigung und „Auszeichnung" als erfolgreicher Revisor zu erlangen. Meine anfänglichen Jahre in einer RA, die gekennzeichnet waren durch das „learning by doing", unterstützt durch den Besuch von Fortbildungsveranstaltungen und Seminaren haben einen erfolgreichen Abschluss gefunden in meiner zuletzt ausgeübten Tätigkeit als Leiter einer IR.

Es ist mir ein großes Anliegen, an dieser Stelle meinen Dank allen Mitarbeitern und Vorgesetzten, aber auch vielen Personen von anderen Org auszusprechen, die es mir ermöglicht haben, während meiner langjährigen Tätigkeit als Revisor durch die alltägliche Praxis und den praktischen Wissensaustausch stetig Neues zu lernen und meine Kenntnisse in all den Jahren laufend zu erweitern. Dazu beigetragen haben nicht zuletzt auch die vielen Veranstaltungen, mit deren Organisation ich betraut wurde, d. h. Veranstaltungen zum Erfahrungsaustausch zwischen Experten und den Internen Revisoren aller Ressorts, wobei Vortragende aus den verschiedensten Fachbereichen vom neuesten Stand der Entwicklungen berichtet haben.

Der Inhalt dieses Buches richtet sich sowohl an Bewerber für den Beruf Interner Revisor als auch an Geprüfte, die für ihre zukünftigen Revisionen vorbereitet sein wollen und auch an jene Leserschaft, die insbesondere an der Thematik der zwischenmenschlichen Beziehungen interessiert ist und neue Einsichten und Erkenntnisse gewinnen möchte.

Abkürzungsverzeichnis

AP   Arbeitspaket(e)

IKS   Internes Kontrollsystem

IR   Interne Revision(en)

OE   Organisationseinheit(en)

Org   Organisation(en)

RA   Revisionsabteilung(en)

RH   Rechnungshof Österreich

Rabl   Revisionsablauf (Revisionsabläufe)

RO   Revisionsordnung(en)

RT   Revisionsteam(s)

Literaturverzeichnis

Abele-Brehm A./Stief M.: Die Prognose des Berufserfolgs von Hochschulabsolventinnen und –absolventen. Zeitschrift für Arbeits- und Organisationspsychologie 48, Seite 4-16. Göttingen 2004

Arbogast Chr.: Die Auszubildenden beraten: Gesprächsführung mit Jugendlichen. In: Wittwer W. (Hrsg.): Ausbildung gestalten: Situationsorientiertes Ausbilden im Betrieb. Weinheim, Basel 1992

Bachmann W.: Zu einigen methodischen Problemen der Anforderungsanalyse. In: Klix F. et al. (Hrsg.): Psychologie in der sozialistischen Industrie. Berlin 1971

Berger H.: Die Prüfung des Internen Kontrollsystems in der öffentlichen Verwaltung. In: Seyfried K. (Hrsg.): Interne Revision und risikoorientiertes Prüfen: Aufspüren von Risikopotenzialen. Wien 2011

Bergmann Chr.: Einflussfaktoren auf die Berufswahl aus berufspsychologischer Sicht: Ausgewählte Erklärungsansätze am Beispiel von Studienberatungstests. In: Hammerer M./Kanelutti E./Melter I. (Hrsg.): Zukunftsfeld, Bildungs- und Berufsberatung: Neue Entwicklungen aus Wissenschaft und Praxis. Bielefeld 2011

Blickle G.: Personalauswahl. In. Nerdinger F. W./Blickle G./Schaper N. (Hrsg.): Arbeits- und Organisationspsychologie. Heidelberg 2008

Blohm H.: Innenrevision als Funktion der Leitung in Industriebetrieben. In: Interne Revision in der Wirtschaft und im Unternehmen. Band I der Schriftenreihe des Instituts für Interne Revision, Seite 76. München 1961

Bundeskanzleramt-Verfassungsdienst: Leitlinien für die Innere Revision. Wien 1983

Caplow W. T.: Principles of Organization. New York 1964

Eckard H.-H.: Psychologische Diagnostik im Dienst beruflicher Beratung. In: Seifert K. H. (Hrsg.): Handbuch der Berufspsychologie. Göttingen, Toronto, Zürich 1977

Egner H.: Betriebswirtschaftliche Prüfungslehre: Eine Einführung. Berlin 1980

Erikson E. H.: Kindheit und Gesellschaft. Stuttgart 1965

Erikson E. H.: Identität und Lebenszyklus. Frankfurt am Main 1966

Erikson E. H.: Der vollständige Lebenszyklus. Heidelberg 2000

Finz A.: Von der Prüfung der Förderungswürdigkeit bis zur Kontrolle der widmungsgemäßen Verwendung von Förderungsmitteln: Häufige Mängel aus der Sicht der Internen Revision. In: Kandlhofer D./Seyfried K.: Interne Revision und Förderungswesen: Prüfung des Förderungswesens. Wien 2010

Fischer P. H.: An Analysis of the primary Group. Sociometry 16, 19. 1953

Franke J.: Eine Konzeption zum systematischen Aufbau von Eignungsuntersuchungen, Psychologische Beiträge XI, Seite 390-405. Wiesbaden 1969

Freitter M.: Projektmanagement in geförderten Vorhaben. In: Kandlhofer D./Seyfried K.: Interne Revision und Förderungswesen: Prüfung des Förderungswesens. Wien 2010

Frieling E.: Die Arbeitsplatzanalyse als Grundlage der Eignungsdiagnostik. In: Triebe J. K./ Ulich E. (Hrsg.): Beiträge zur Eignungsdiagnostik. Bern 1977

Fromm E.: Psychoanalyse und Ethik: Bausteine zu einer humanistischen Charakterologie. München 1985

Fürstenberg F.: Die Bedeutung der Mitbestimmung am Arbeitsplatz für die industrielle Demokratie. In: Vilmar

F. (Hrsg.): Menschenwürde im Betrieb 1604, Seite 171-182. Hamburg 1973

Gaydoul P.: Controlling in der deutschen Unternehmenspraxis. Darmstadt 1980

Grupp B.: Interne Revision: Moderne Verfahren und Arbeitstechniken. Ludwigshafen 1986

Hackl K.: Umgang mit Menschen. Wien 1964

Heigl A./Haas G.: Controlling - Interne Revision. Stuttgart 1989

Hemphill J. K.: The leader and his group. In: Gipp C. A. (Hrsg.): Leadership, Seite 223-229. Harmondsworth 1969

Hofmann M./Rosenstiel L. von: Funktionale Managementlehre. Berlin, Heidelberg, New York, London, Paris, Tokyo 1988

Holland J. L.: The psychology of vocational choice: A theory of personality types and model environments. Waltham: Blaisdell 1966

Holland J. L.: Making Vocational Choices: A theory of careers. Englewood Cliffs: Prentice Hall. 1973

Holland J. L.: Exploring careers with a typology: What we have learned and some new directions. American Psychologist 51, Seite 397-406. 1996

Holm K.: Zum Begriff der Macht. KZfSS 21, Seite 269-288. Köln 1969

Hrubi F. R.: Kommunikationsmanagement. In: Hofmann M./Rosenstiel L. von (Hrsg.): Funktionale Managementlehre. Berlin, Heidelberg, New York, London, Paris, Tokyo 1988

https://de.wikipedia.org/wiki/Stufenmodell_der_psychosozialen_Entwicklung

Irmler I.: Controlling – Interne Revision eine vergleichende Darstellung: Möglichkeiten und Grenzen des Zusammenwirkens. Diplomarbeit, Wirtschaftsuniversität. Wien 1982

Kicherer H. P.: Grundsätze ordnungsgemäßer Abschlussprüfung. Berlin 1970

Korndörfer W./Peez L.: Einführung in das Prüfungs- und Revisionswesen: Lehrbuch für Studium und Praxis. Wiesbaden 1981

Langmaack B.: Soziale Kompetenz: Verhalten steuert den Erfolg. Weinheim, Basel 2004

Liebel H. J.: Organisationspsychologie. In: Dörner D./Selge H. (Hrsg.): Psychologie: Eine Einführung in ihre Grundlagen und Anwendungsfelder. Stuttgart 1996

Liebel H. J.: Sozialpsychologie. In: Dörner D./Selge H. (Hrsg.): Psychologie: Eine Einführung in ihre Grundlagen und Anwendungsfelder. Stuttgart 1996

Liegert F.: Führungspsychologie für Vorgesetzte. München 1973

Maanen J. van/Schein E. H.: Career development. In: Hackman J. R./Suttle J. L. (Hrsg.): Improving life at work, Seite 58-62. Santa Monica 1977

March J. G./Simon H. A.: Organizations. New York 1958

Moede W.: Eignungsprüfung und Arbeitseinsatz. Stuttgart 1943

Müller G./Nachreiner F.: Kooperationsförderung bei Führungskräften in Organisationen. In: Grunwald W./Lilge H. G. (Hrsg.): Kooperation und Konkurrenz in Organisationen. Bern, Stuttgart 1981

Naase Chr.: Konflikte in der Organisation: Ursachen und Reduzierungsmöglichkeiten. Stuttgart 1978

Nechtelberger M./Nechtelberger A.: Bedeutung des Personalmanagements für Unternehmen und die öffentliche Verwaltung. In: Kandlhofer D./Seyfried K. (Hrsg.): Interne Revision und Personalmanagement: Prüfung des Personalmanagementsystems. Wien 2009

Nerdinger F. W./Blickle G./Schoper N.: Arbeits- und Organisationspsychologie. Heidelberg 2008

Nerdinger F. W.: Organisationsklima und Organisationskultur. In: Nerdinger F.W./ Blickle G./Schoper N. (Hrsg.): Arbeits- und Organisationspsychologie. Heidelberg 2008

Nerdinger F. W.: Selbstselektion des Führungsnachwuchses. In: Rosenstiel L. von/Lang T./ Siegl E. (Hrsg.): Auswahl des Fach- und Führungsnachwuchses in den alten und neuen Bundesländern, Seite 20-38. Stuttgart 1994

Neuberger O.: Miteinander arbeiten – Miteinander reden. München 1981

Oszwald G.: Revisionspsychologie. Diplomarbeit, Wirtschaftsuniversität. Wien 1991

Pachner F.: Fehler bei der Vorbereitung und Leistungsbeschreibung sowie häufige Mängel von der Ausschreibungsphase bis zur Angebotsabgabe. In: Kandlhofer D./Seyfried K. (Hrsg.): Interne Revision und Vergaberecht: Prüfung des Vergabeverfahrens. Wien 2008

Peemöller V. H.: Management Auditing: Unternehmensführung und betriebliches Prüfungswesen. Berlin 1978

Peemöller V. H.: Praktisches Lehrbuch Controlling und betriebliche Prüfung. München 1978

Peemöller V. H./Kregel J.: Grundlagen der Internen Revision, Standards, Aufbau und Führung. Berlin 2014

Pallasch W.: Pädagogisches Gesprächstraining. Weinheim, München 2011

Rosenstiel L. von: Grundlagen der Organisationspsychologie. Stuttgart 2003

Rosenstiel L. von/Molt W./Rüttinger B.: Organisationspsychologie. Stuttgart 2005

Scheller R.: Psychologie der Berufswahl und der beruflichen Entwicklung. Stuttgart 1976

Schneider B./Smith D. B./Paul M. C.: P-E fit and the attraction-selection-attrition model of organizational functioning: introduction and overview. In Erez M./Kleinbeck U./ Thierry H. (Hrsg.): Work motivation in the context of a globalizing economy, Seite 231-246. Mahwah, N. J., Erlbaum. London, Toronto 2001

Schuh H.: Interne Revisionen im öffentlichen Sektor: Organisatorische Ausrichtungen für die Anforderungen der Zukunft. Wien 2010

Schuler H. (Hrsg.): Lehrbuch der Personalpsychologie. Göttingen 2001

Schulz von Thun F.: Miteinander reden: Störungen und Klärungen (Bd 1). Reinbeck bei Hamburg 1981

Seifert K. H.: Handbuch der Berufspsychologie. Göttingen 1977

Seyfried K.: Einverstanden ist noch nicht angewendet. GÖD-Der öffentliche Dienst aktuell, Seite 34-35. Wien 2008

Sherif M./Sherif C.: Social psychology. New York, London 1969

Siegwart H./Menzl I.: Kontrolle als Führungsaufgabe: Führen durch Kontrolle von Verhalten und Prozessen. Bern 1978

Sieverding M.: Berufskonzepte von Medizinstudierenden: Kongruenzen und Diskrepanzen zwischen Selbstkonzept, beruflichem Idealkonzept und Karrierekonzept. Zeitschrift für Arbeits- und Organisationspsychologie 36, Seite 157-166. Heidelberg 1992

Super D.: The psychology of careers. New York 1957

Thieme H.-R.: Verhaltensbeeinflussung durch Kontrolle: Wirkung von Kontrollmaßnahmen und Folgerungen für die Kontrollpraxis. Berlin 1982

Thompson V. A.: Hierarchy: Specialization and organizational conflict. ASQ 5. Illinois 1961

Tschirf A.: Die praktische Durchführung einer Revision: Kommunikation und Gesprächsführung. Skriptum zu einem Seminar. Wien 2008

Watzlawick P.: Menschliche Kommunikation: Formen, Störungen, Paradoxien. Bern, Wien 1985

Wimmer P./Neuberger O.: Das Organisationsklima im Lichte kooperativen und konkurrierenden Verhaltens. In: Grundwald W./Lilge H. G. (Hrsg.): Kooperation und Konkurrenz in Organisationen. Bern, Stuttgart 1981

Winch R. F./Ktanes T./Ktanes V.: The theory of complementary needs in mate-selection: An analytic and descriptive study, ASR 19, Seite 241-249. Illinois 1954

Wysocki K. von: Grundlagen des betriebswirtschaftlichen Prüfungswesens. München 1977

Zünd A.: Kontrolle und Revision in der multinationalen Unternehmung. Bern 1973

„Alle erschienenen Bücher befassen sich mit Leistungen der Internen Revision zum jeweiligen Themenschwerpunkt und sind darauf ausgerichtet, Mehrwerte zu schaffen – beispielsweise durch Verbesserung der Organisationsprozesse – und möchten diesen Aspekt stärker ins Blickfeld der Öffentlichkeit rücken."

**MITHERAUSGEBER MAG. KARL SEYFRIED
MIT MAG. DIETER KANDLHOFER:**

Interne Revision und Vergaberecht
ISBN: 978-3-7007-3952-4
Preis: € 29,-
Seitenanzahl: 158

Interne Revision und Personalmanagement
ISBN: 978-3-7007-4093-3
Preis: € 40,-
Seitenanzahl: 208

Interne Revision und Förderungswesen
ISBN: 978-3-7007-4435-1
Preis: € 49,-
Seitenanzahl: 256

HERAUSGEBER MAG. KARL SEYFRIED

Interne Revision und risikoorientiertes Prüfen
ISBN: 978-3-7007-4809-0
Preis: € 49,-
Seitenanzahl: 232

Gebarungskontrolle in Österreich
ISBN: 978-3-7007-5238-7
Preis: 49,-
Seitenanzahl: 216

Interne Revision und Veränderungsmanagement
ISBN: 978-3-7007-5479-4
Preis: € 49,-
Seitenanzahl: 208

Interne Revision und Aufgabenkritik
ISBN: 978-3-7007-5847-1
Preis: € 39,-
Seitenanzahl: 164

Alle Titel sind beim Verlag LexisNexis, Wien, erschienen

Der Autor

Mag. Karl Seyfried war langjähriger Leiter der Internen Revision im Bundeskanzleramt Wien und zehn Jahre lang gleichzeitig Koordinator aller Revisionseinrichtungen in der österreichischen Bundesverwaltung für die Durchführung regelmäßiger Erfahrungsaustauschtreffen der Revisoren. Er ist Autor und Herausgeber einiger einschlägiger Fachbücher.

Der Verlag

„Wer aufhört besser zu werden, hat aufgehört gut zu sein!

Basierend auf diesem Motto ist es dem novum Verlag ein Anliegen neue Manuskripte aufzuspüren, zu veröffentlichen und deren Autoren langfristig zu fördern. Mittlerweile gilt der 1997 gegründete und mehrfach prämierte Verlag als Spezialist für Neuautoren in Deutschland, Österreich und der Schweiz.

Für jedes neue Manuskript wird innerhalb weniger Wochen eine kostenfreie, unverbindliche Lektorats-Prüfung erstellt.

Weitere Informationen zum Verlag und seinen Büchern finden Sie im Internet unter:

w w w . n o v u m v e r l a g . c o m

Karl Seyfried

ERFAHRUNGS-AUSTAUSCH-TREFFEN

Erwerb impliziten Wissens

ISBN 978-3-99010-856-7
344 Seiten

Mit seinem Rückblick auf zehn Jahre der Durchführung regelmäßiger Erfahrungsaustauschtreffen und Jahrestagungen – von 2004 bis 2013 – für die Zielgruppe der Revisoren in der österreichischen Bundesverwaltung ist es dem Autor ein Anliegen, seine Erfahrungen und gewonnenen Einsichten stärker ins Blickfeld der Öffentlichkeit zu rücken.